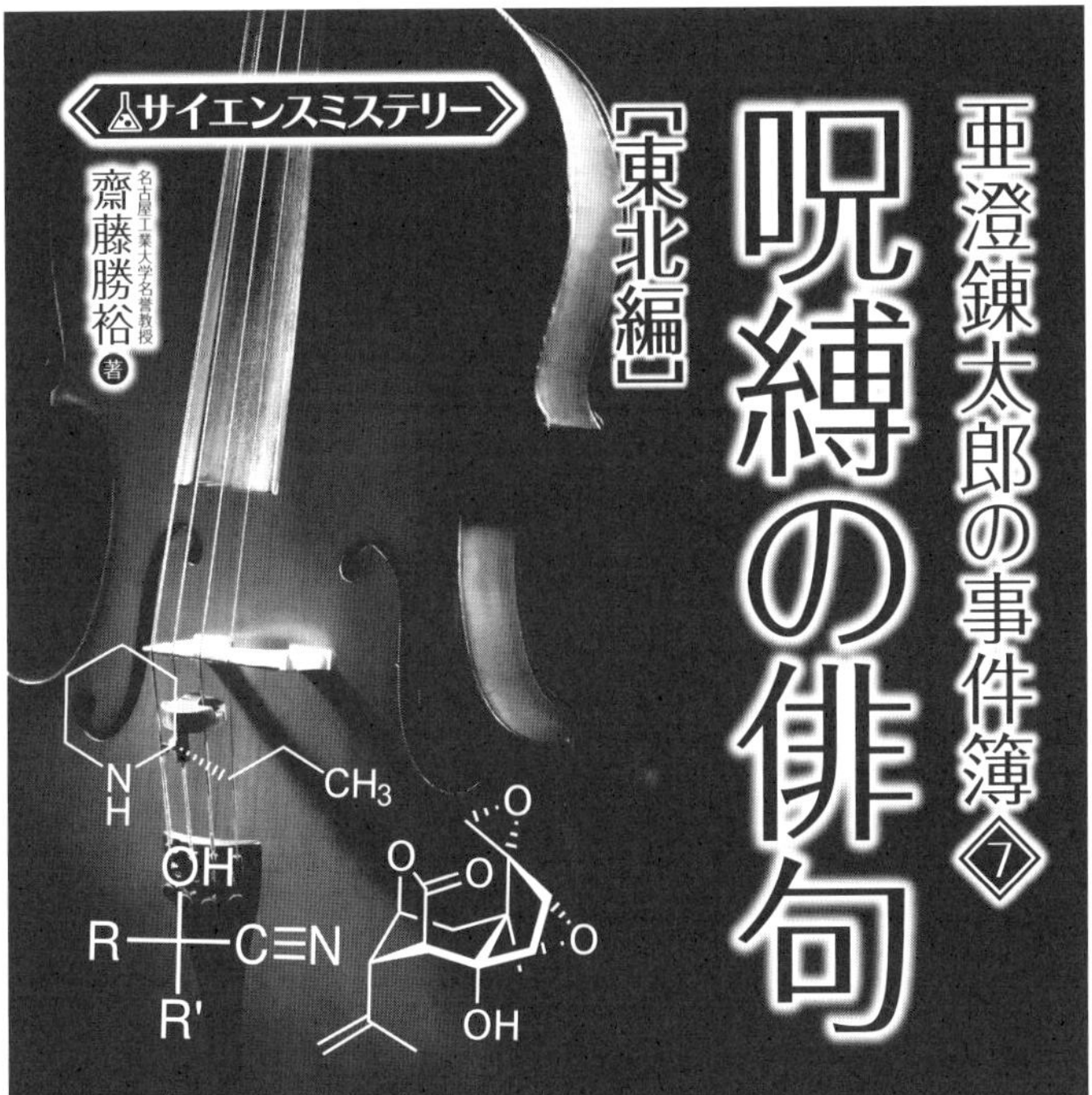
亜澄錬太郎の事件簿⑦
呪縛の俳句
【東北編】
〈サイエンスミステリー〉
名古屋工業大学名誉教授
齋藤勝裕 著
N
H
CH3
OH
R
C≡N
R'
O
O
O
O
OH

C&R研究所

■本書について

- 本書は、2021年3月時点の情報をもとに執筆しています。
- この物語はフィクションです。実在の人物や団体などとは関係ありません。

●本書の内容に関するお問い合わせについて

この度はC&R研究所の書籍をお買いあげいただきましてありがとうございます。本書の内容に関するお問い合わせは、「書名」「該当するページ番号」「返信先」を必ず明記の上、C&R研究所のホームページ(https://www.c-r.com/)の右上の「お問い合わせ」をクリックし、専用フォームからお送りいただくか、FAXまたは郵送で次の宛先までお送りください。お電話でのお問い合わせや本書の内容とは直接的に関係のない事柄に関するご質問にはお答えできませんので、あらかじめご了承ください。

〒950-3122　新潟市北区西名目所4083-6
株式会社C&R研究所　編集部
FAX 025-258-2801
「サイエンスミステリー 亜澄錬太郎の事件簿7［東北編］呪縛の俳句」
サポート係

はじめに

『亜澄錬太郎の事件簿 日本一周シリーズ』。新潟編、東海編に続く第3巻として「東北編」をお届けします。東北地方は青森県、岩手県、宮城県、福島県、秋田県、山形県の6県からできています。

それぞれの県は、青森は林業とリンゴ、岩手は三陸海岸と南部鉄器、宮城は伊達政宗と笹かまぼこ、福島は尾瀬の湿地と会津白虎隊、秋田は秋田美人とキリタンポ、山形は蔵王とサクランボと言うように、独特の色濃い特色を持っています。

このような特色をバックにして次々と起こる事件は、企業、大学における人事のもつれ、音楽界の嫉妬、恋愛の食い違い、宗教界の内部紛争など、人の心の弱さがほとばしり出たものばかりです。しかしその手段はいずれも天然毒、合成毒、あるいは爆発物など、化学物質を用いた巧妙なものです。

このような犯罪をいつもの通り、鮮やかな推理で解決するのが若い化学科の助教、亜澄とその博士課程の女生徒、安息香、そしてこの二人を助ける刑事、水銀の3人です。今回も3人の鮮やかな解決ぶりをお楽しみ頂ければ嬉しい事と思います。

令和3年3月

齋藤勝裕

登場人物紹介

◉亜澄錬太郎《あずみれんたろう》

化学科の助教。助教というのはかつての助手である。頭脳明晰で犯罪推理に天才的な能力がある。少々理屈っぽくて偏屈な所があるが、根はスポーツマンの好男子。

◉山田安息香《やまだあすか》

博士課程1年の女子院生で、亜澄に教わって研究している。社交家で学内学外に信じられないほどの人脈を持つ。亜澄の偏屈はシャイを隠したものと見透かして、うまい具合にあしらっている。

◉水銀隆《みずがねたかし》

バリバリの刑事。亜澄とは高校時代の同級生であり、共にラグビー部に属した親友。毒物など、化学に関係した事件では率直に亜澄に相談し、これまでにも多くの助言をもらっている。

◆亜澄助教の実験室の紹介

亜澄助教の実験室の見取り図。亜澄と安息香は、日々ここで実験を行っている。

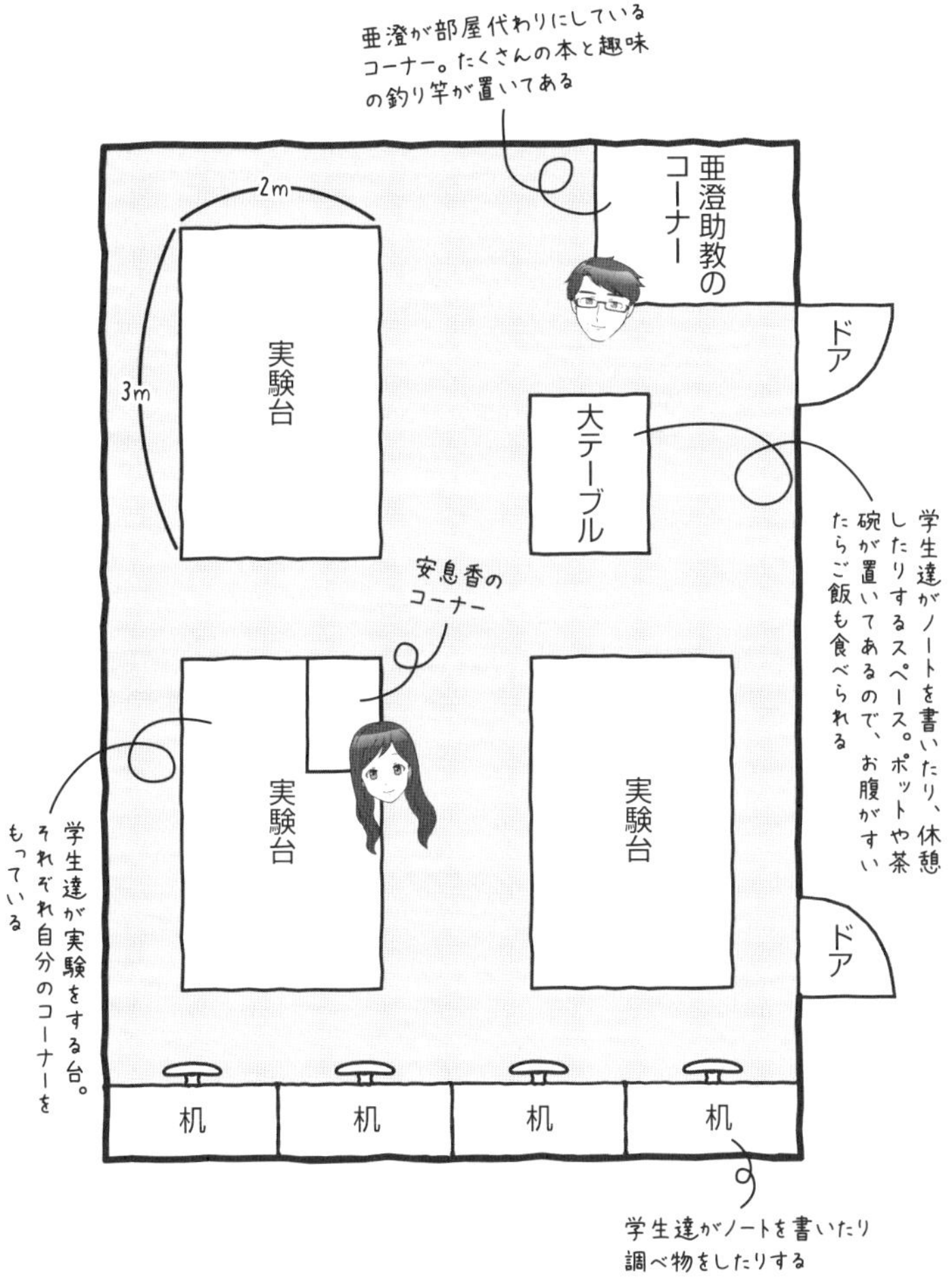
亜澄が部屋代わりにしているコーナー。たくさんの本と趣味の釣り竿が置いてある
亜澄助教のコーナー
2m
3m
実験台
ドア
大テーブル
学生達がノートを書いたり、休憩したりするスペース。ポットや茶碗が置いてあるので、お腹がすいたらご飯も食べられる
安息香のコーナー
実験台
実験台
ドア
学生達が実験をする台。それぞれ自分のコーナーをもっている
机
机
机
机
学生達がノートを書いたり調べ物をしたりする

Contents

はじめに……3
登場人物紹介……4
亜澄助教の実験室の紹介……5

第1話
呪縛の俳句（青森編）……9
［トリック解明編］……30
［化学解説編］……50

第2話
ステージの華（岩手編）……53
［トリック解明編］……73
［化学解説編］……91

第3話 美貌の新教祖（山形編）……95
［トリック解明編］……113
［化学解説編］……133

第4話 殺意の秘湯（秋田編）……135
［トリック解明編］……156
［化学解説編］……173

第5話 爛れた愛情（福島編）……177
［トリック解明編］……195
［化学解説編］……211

第6話 復讐の軋轢（宮城編）……215
［トリック解明編］……236
［化学解説編］……251

第1話

呪縛の俳句（青森編）

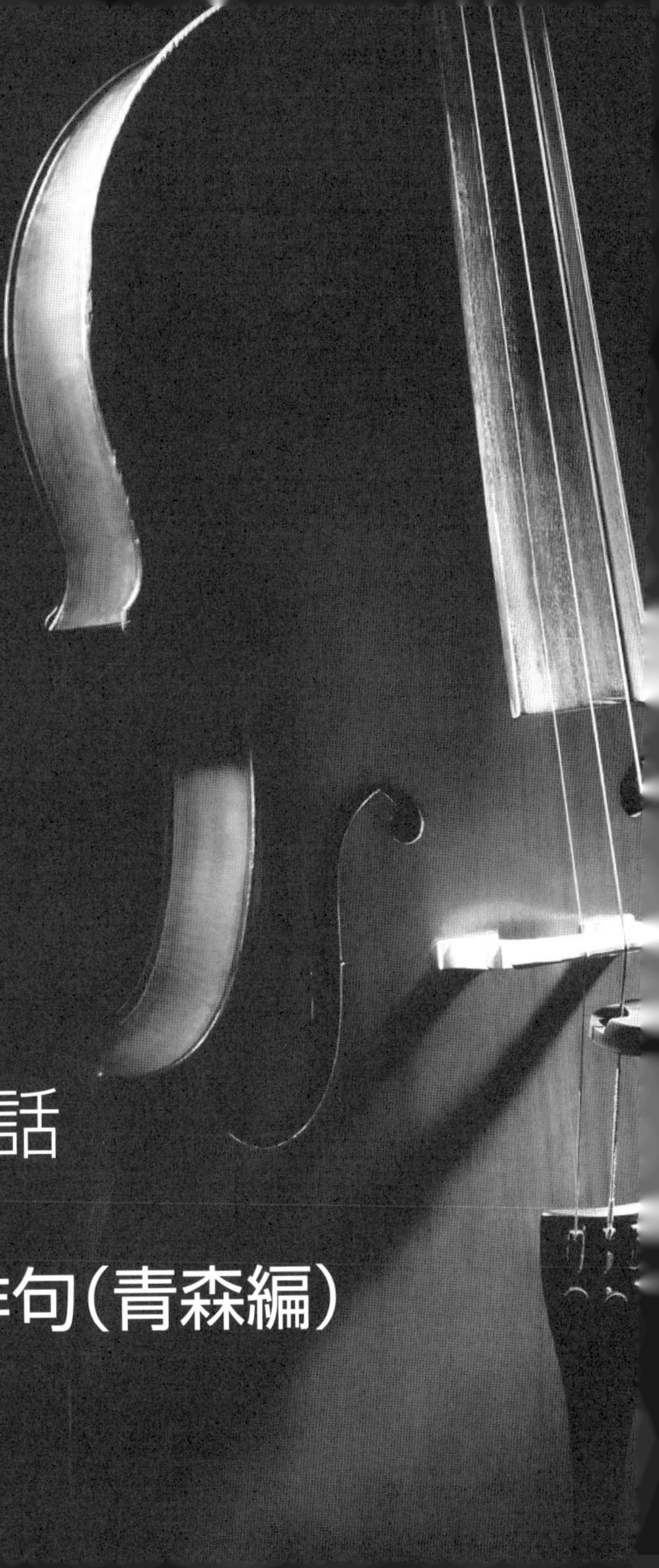

～第1話　呪縛の俳句(青森編)～

青森は海、山、湖に恵まれた県である。日本海、太平洋、津軽海峡と三方を海に囲まれ、津軽富士と呼ばれて秀麗な姿を愛される岩木山を抱き、十和田湖、小川原湖、十三湖などの美しい湖を持つ。

十和田湖から流れ出る川は奥入瀬川《おいらせがわ》の一本しかない。その上流は奥入瀬渓流と呼ばれ、もみじの季節ともなると毎年、テレビ局が紹介に来る名所である。女性的な美しさを持つ奥入瀬川は春の新緑、夏の濃緑を映して流れ、落ち、その岩に戯れる姿は日々の喧騒を忘れさせてくれる。

青森地方には、15世紀半ばには南部氏(津軽氏)が大きく勢力を拡大していた。関ヶ原

●奥入瀬渓流

の戦いの後も大きな変動はなく、太平洋側の東部が南部氏の盛岡藩、日本海側の西部が津軽氏の弘前藩領となった。

海の幸、山の幸に囲まれた青森には独特の美味がたくさんあるが、飯鮨《いずし》もその一つである。飯鮨は原初的な寿司の姿を留めたものである。桶に笹を敷き、ご飯と麹を混ぜたものを薄く敷く。その上にハタハタやサケなど、適当な魚の薄切りを敷くという操作を何回も繰り返して、最後にまた笹を置き、重しの石を乗っけて数日置くというものである。数日後に桶の上部から食べ始め、底の部分を食べ終えるには10日くらいもかかるのだろうが、ご飯が適当に発酵する馴れずしの一種である。

同じような馴れずしに、滋賀県のフナずしがあるが、こちらはご飯を完全に乳酸発酵させたのち、ご飯は棄ててフナだけを食べる。飯鮨は乳酸発酵の手前で食べるので、フナずしのような強烈な匂いは無く、だれの口にも合う、さわやかで美味しいものである。

青森と聞いて誰しもが思い出すのはリンゴであろう。しかし、青森がリンゴ栽培を始めたのは明治に入ってからのことである。昔の日本にもリンゴが無かったわけではないようだが、今のリンゴとは違い、小さくて食味の悪いものであったようである。それが今のような大振りで美味しいリンゴに変わったのはアメリカの影響があるが、それは後の化学解説編で見ることにしよう。

＊＊＊

青森県は西の日本海側が津軽地方、東の太平洋側が南部地方と呼ばれる。青森県の三大都市の一つ弘前は津軽地方、八戸市は南部地方にあり、県都でもある青森市は両者の中間という位置関係である。

山神村は津軽地方の東側、つまり深い山地にある古くから続く村である。かつて杉やヒバなどの良質の木材に恵まれて林業が盛んだったころは、村は林業の他にワラビやゼンマイなどの山菜、さらにリンゴ、サクランボなどの果実の収入もあって潤っていた。

山の植林を護る人夫、木を伐採する人夫、その木を運び出す人夫、運び出された木を製材する人夫、それらの家族など多くの人々が暮らし、村は活気に満ちていた。

その頃、広大な山地を持つ本家、木造家は女中、下男から大勢の人夫まで多くの使用人を抱え、山林の整理、間伐、木材伐採、運搬、さらに販売までを一手に引き受けて多大な収入を得ていた。当時は飛ぶ鳥を落とす勢いと言われ、辺りを睥睨《へいげい》するような大きな屋敷と広くて立派な家を構えていた。

しかし、戦後は安価な輸入木材に圧されて国内林業は衰退した。木材が売れないので収入が無く、働き手に十分な給料を払えなくなる。働き手が外に逃げて労働力が足りなくなる。当然森林の手入れもおろそかになり、枝の伐採も十分にできない木材の価値は下がっていった。下草は茂り、日当たりも悪くなった森林は、かつての健康的な美しさを失った。

林業が衰退するにつれて村も衰退した。働き盛りの男衆は職を求めて遠くの青森や弘前、さらには盛岡やその先の仙台にまで働きに出た。主婦は近くの町のスーパーなどにパートで働きに行った。日中、村にいるのは働くことのできない年寄りと、その年寄りの面倒を見るために家に残る中年以上の女性くらいのものだった。

子供たちは近くの街の高校を出た後は競い合いようにして都会に就職した。就職して村を出たら最後、その後、二度と再び村に戻ることは無かった。戻っても働く口が無かったのである。戻るのは盆暮れと成人式くらいのものだった。

村の衰退を象徴するように衰退したのは本家であった。当主の智介は数年前から体を壊して家で床に伏していた。本家には智介、その妻房子、当主の母の八重、それと智介夫婦の子供で24歳になる双子の姉妹の梅子と桃子の５人が暮らしていた。

姉の梅子は地元山神村の村役場で、妹の桃子は近くの町役場でそれぞれ事務員として働いていた。二人とも職場は家から近いので、家から職場に通っていた。梅子は晴れた日には自転車、雨が降った日には徒歩で通っていた。桃子は日に何本も無いバスで通っていた。逃がすと大変なので、時間は厳守の生活を送っていた。

80歳を越えた祖母八重は半ば認知症状態だった。5人は昔から仕える忠実な下男の作蔵とともに、広大な屋敷でひっそりと暮らしていた。作蔵は70歳を越えているが元気であり、祖父つまり八重の夫の代から本家に下男として仕えてきた男である。作蔵は、絵に描いたような実直な男で、忠実そのものに本家に仕えた。特に作蔵が先代さまと呼ぶ八重と、若と呼ぶ智介の二人にはまるで神に仕えるように仕えた。

没落した本家に代わって力を得てきたのが、分家の中田家だった。中田家の当主はやり手で知られ、いち早く林業に見切りを付けてスーパー経営に乗り出した。最初は村の万屋《よろずや》か便利屋のようなものだったが、徐々に経営を広げ、今では弘前市に本店を移し、村には分店を置いていた。このスーパーは津軽地方を代表する大手スーパーに育ち、多くのチェーン店を抱えるまでに育っていた。中田家はまさに隆盛の勢いにあった。

本家には不吉な言い伝えがあった。双子の娘が続いた時には家が途絶えるというものだった。本家に伝わる古い金屏風にはそのことを暗示する俳句を書いた色紙が2枚貼られていた。

二輪草ならぶ路傍に三味線草
二輪草埴生の宿に陽が沈み

「二輪草」というのは一枚の葉の葉柄に二輪の白い花が咲く珍しい植物である。別に食べておいしい物でもないが、姿が美しいので料理のあしらいに使う春の山菜として珍重される。

掌《てのひら》のように切れ込んだ葉の形が猛毒のトリカブトの葉に似ていることから、毎年、二輪草と間違えてトリカブトを食べるという食中毒が発生することでもよく知られた山菜である。間違えないために、「二輪草は花をつけたもの以外は食べるな」と言われるくらいである。

一方、「三味線草」は別名ペンペン草と言われ、「屋根にペンペン草が生える」と言われるように、落ちぶれた家の象徴とされる。また「埴生《はにゅう》の宿」は、床も畳もなく「埴」(土=粘土)が剥き出しになったままの粗末な家の意味である。その家に夕日が沈むというのであるから、侘びや寂《さび》を通り越してなにやら大変な俳句である。

◉二輪草

＊＊＊

ある土曜日、姉の梅子が殺害された。夕食を知らせに部屋に迎えに行った母の房子が、部屋の机の前で死んでいる梅子を発見した。驚いて救急車に連絡した。駆けつけた救急車は心肺停止状態の梅子を病院に運び、同時に変死として警察に連絡した。

警察と病院の調べでは梅子は毒物による中毒死だった。毒物は植物アルカロイドの一種と思われたが、毒物の特定には至らなかった。毒物は梅子の飲んだ茶碗のお茶から検出された。

梅子の傍らの机の上に俳句を書いた紙が乗っていた。屏風の2首の俳句のうちの片方だった。俳句は梅子愛用の便箋に鉛筆で手書きしてあった。警察は自殺と他殺両方の可能性を疑った。しかし、筆跡鑑定の結果は、筆跡が崩されていたことから、誰の筆跡とも鑑定できなかった。便箋からは誰の指紋も発見されなかったし、机や文房具からは梅子の指紋以外発見されなかった。

梅子の告別式が終わって半月ほど経った後、梅子を追うように妹の桃子が亡くなった。土曜日、昼の外出から夕刻に帰った桃子は疲れたから寝ると言って、夕食も取らずに布団に入った。夜遅く、心配になった房子が夜食を持って寝室に入ったときには桃子は息をしていなかった。驚いて医者と警察を呼んだが死亡が確認されただけであった。

警察の調べで桃子の上着のポケットから4つに畳まれた紙が見つかった。そこには俳句が書いてあった。屛風にあった2首の俳句のうちの残った片割れだった。死因は姉の場合と同じように植物性アルカロイドだった。しかし種類までは特定できなかった。

本家に伝わる言い伝えを知る者は誰しもが、これは言い伝えに基づく殺人だと思った。女性の双子を忌み視する偏見に基づく殺人である。今時、そんなものを信じるものなどはいない。もしいたとしたら、頭のおかしい老人くらいのものだ。ところがそのような老人がいたのである。祖母の八重である。

しかし、あのような半ば認知症に近い老人に二人の若い女性を殺すことができるのか? この問いにも「できる」という答えが用意してあった。それは下男の作蔵である。作蔵は歳は70歳を越えているが元気であり、八重を盲目的に信じている。八重が「ああしろ」と命令したら、善悪白黒に関係なく実行する。

例え認知症の八重でも「あの娘に毒を飲ませろ」と言ったら、戸惑うことなく毒を飲ませる。犯人は言い伝えによって本家の将来を危うんだ祖母八重だ。彼女が認知症を装い、忠実な下僕の作蔵を使って行った殺人に違いないと誰しもが思った。警察も密かにその線で内偵を進めていた。

しかし真実は違っていた。梅子と桃子は同じ男性、鳴沢健太を好きになったのだった。鳴沢は本家の親戚である鳴沢家の長男であった。鳴沢は青森市にあるマンションに住んで市内の信用金庫に通っていたが、土日は山神村の実家に帰っていることが多かった。

親戚同士の梅子、桃子、鳴沢の三人は小さい頃から親戚の集いで会うとまるで兄弟のように仲良く遊んでいた。高校も3人同じ高校に入り、学年は2年違ったが、先輩後輩を越えた付き合いをしていた。

それが大きくなるにつれて恋心が芽生えたのであろう。妹の桃子が恋敵の姉梅子を殺害し、事件を秘密めかして複雑に見せるため、俳句を書いて机の上に置いたのだった。

鳴沢は梅子と桃子に分け隔てなく接したが、本当は姉の梅子の方が好きだった。ところが桃子は小さい時から、いつでも姉の持ち物全てを欲しがった。どこにでもある妹のわがままであろうが、桃子はそれが強すぎた。

鳴沢に関してもそうだった。桃子は鳴沢に必要以上に好意を見せることがあった。特に梅子と3人一緒にいる時にそれが多かった。しかし鳴沢は、それは桃子が鳴沢を好いていたからではないということを見抜いていていた。桃子は、鳴沢を心から慕う梅子の気持ちを知って、姉の恋人を奪おうという気持ちから、鳴沢に好意を見せつけているだけだ。もしかしたら今回の事件もそういうことではなかったのか？　桃子が姉に対する嫉妬心から姉の梅子を殺したのではなかろうか？　もしそうなら、警察に自首させるとかなんとかしなければならない。そんな話をどうやって桃子に切り出したらよいのだろう？　思い悩んだ、鳴沢は事情を双子の母親房子に話して相談した。房子は黙って話を聞いていた。鳴沢が話し終えた時、房子から返ってきた言葉に鳴沢は驚いた。

房子は実は八重の産んだ双子姉妹の姉だった。家の言い伝えもあって双子姉妹を嫌った当時の当主、つまり八重の主人明仁の命令によって妹の則子は小さいうちに遠い親戚の鳴沢家に養子としてもらわれていったのだった。

村の言い伝えを知る房子は、双子の姉妹である自分がまた双子の姉妹を産んでしまった。つまり、続けて2代目になる双子姉妹を産んだことから、自分の娘とは言い、梅子と桃子に心からの愛情を持つことができずにいた。二人に呪われた血の匂いを感じていたのだった。母の八重は、本家が衰退し、代わって分家の中田家が日の出の勢いなのは自分の産んだ双子の姉妹のせいなのだと思い込んでいた。

八重は房子に辛く当たった。特に双子の姉妹を産んでからはその仕打ちはひどいものになり、「お前はこの本家を滅ぼすために生まれてきた鬼娘だ」、とまで言われた。房子は何回、この子供を道連れに自分も死のうと思ったことか知れなかった。

それを思い留まったのは主人の智介が優しい男であり、房子を八重からかばってくれたからであった。その智介が病で倒れた時、房子は地獄が始まるかと思って生きた心地もしなかった。しかしありがたいことにちょうどそのころ、八重の認知症が始まり、八重は物事がよくわからなくなった。地獄は去ったのだった。

そんな房子は鳴沢に桃子の殺害をほのめかした。自分の実の姉を殺すような女に生きている資格は無い。それに、名誉ある本家から身内を殺した人間を出すことはできない。村人に合わせる顔が無い。自分の娘を身内殺しとして警察に訴えるくらいなら、自分の手で殺した方が良い。それに、殺されたのは貴方の好きな梅子ではないか。梅子はどんな思いで死んでいったと思うのか。その仇を討たないで貴方は男と言えるのか。

度重なる兆発に、鳴沢は好きな梅子を殺された恨みもあり、房子に誘導されるまま桃子を殺してしまったのだった。つまり梅子の告別式も終わって10日ほど経ったころ、鳴沢は桃子を喫茶店に誘った。梅子の話などをしながら桃子の隙を見て、コーヒーに遅効性の毒物を入れたのだ。別れ際に俳句を書いた紙を桃子の上着のポケットにこっそりと入れた。

やがて房子は鳴沢の重荷になった。房子が鳴沢に関係を迫ってきたのだ。50代の房子に取って、病弱で寝たきりの主人智介を看病する数年間は辛かったのであろう。しかし鳴沢にそんな気は全くなかった。20代の鳴沢にとって50歳を越えた房子など母親よりも遠い存在であった。好き嫌いの対象にも入らなかった。しかし房子は本気だった。断れば犯行を警察に告げると言うのである。

確かに房子は犯行をそそのかしはしたが、犯行に直接加担はしていなかった。警察に調べられても、房子が知らぬ存ぜぬを貫けば、犯行は鳴沢の単独犯とされるかもしれない。いや、たとえ房子がありのままを告げたとしても房子の罪は殺人教唆に過ぎない。罪は殺人の実行犯に比べたらけた違いに軽い。執行猶予が付くかもしれないし、もしかしたら警察の捜査への協力次第では起訴猶予になるかもしれない。房子が鳴沢を警察に売る可能性は十分に考えられる。

鳴沢には房子を殺す以外に道は無かった。鳴沢の困った様子を見て不審に思ったのは鳴沢の母則子だった。

則子は義理の母が死ぬ時に、「お前は実は私の実の子ではない。貰い子であり、本当は本家の娘だ。しかし本家には双子の娘を忌み嫌う伝統があったので、妹のお前がうちに貰われてきたのだ」と告げられていた。

自分は、本当は本家の娘だったのだ。それが双子の妹だったばかりに親戚の鳴沢家に養子に出された。姉の房子は金持ちの本家の跡取り娘だということでチヤホヤされるのに、自分は貧乏親戚の鳴沢家に養子に出された。自分の出生の秘密を聞いた時から則子の胸にはそんな思いがくすぶっていた。

ぽつぽつと話す息子の話によれば、今また大事な息子が姉の房子に苦しめられている。しかも房子とは叔母、甥の関係ではないか。そんなことが許されてなるものか。この時とばかりに則子は、息子を護ろうという母としての愛情と、長年の恨みを晴らそうという双子の妹という二重の心根から、房子に対して復讐に出ることを決心した。

＊＊＊

津軽の夏は短い。直ぐに秋になり、その次は地吹雪と呼ぶ降り積もった雪が冬の北風に煽られて吹雪のように荒れ狂う冬になる。つかの間の行く夏を惜しむように津軽地方では夏祭りは盛大にやる。青森や弘前のような豪勢盛大なネブタは無理としても、どこの町村でも精一杯の贅を尽くした独特のネブタを作り、村民町民総出で祝い、踊り、楽しむ。

山神村でも例年のように手作りで誠意のこもったネブタを作り、村人総出でそれを引き、祭りを楽しんだ。その後は全員が村の神社の境内に集り、手作りの料理で酒盛りとなった。女子衆《おなごしゅう》も裏方として料理作りに参加し、料理ができたら給仕をし、その後は男衆《おとこしゅう》に混じって男衆と一緒に飲み食いした。津軽の女性は働き者が多い。男性もそれを認めているので、女性の地位は高い。村での催しでは女性も男性と同じように無礼講で楽しむ。

則子は津軽名物のせんべい汁を盛った椀に遅効性の植物毒を入れて房子にすすめた。なにも知らない房子はそれを受け取り、それを肴にして酒を飲んだ。しばらくすると房子は酔って座り込んだ。酔い過ぎと思った女友達が房子の家まで連れて行った。房子は回らない舌で礼を言うと、奥の部屋に入った。

翌朝、下男の作蔵が心配して寝室を覗くと房子は冷たくなっていた。

床に伏してはいても頭脳は錆びていない。本家当主の智介は一連の騒動を振り返った。

そもそもの発端は娘の長女梅子が殺されたことに始まった。警察の調べでは死因は植物アルカロイドによる中毒死だった。

梅子に自殺する理由は無いし、いい年の娘がそんな毒物を誤って食べることも考えにくい。机の上に呪わしい俳句が置かれていたのだから、これは殺人に疑いない。誰かが梅子に毒を飲ませて殺したことは間違いない。

次は日を置かずに次女の桃子の死だ。毒で死んだのであり、俳句がポケットに入っていたのだから殺人と思っていいだろう。二人は双子であり、しかも俳句は家に伝わる物で、双子姉妹を呪うような内容だ。と考えれば、犯人は双子を嫌う身内の犯行と考えられる。そのような者は家内の房子、母の八重、この二人くらいしかいない。どちらかが犯人なのか？

母は認知症で、そんなことを考えるのは無理だ。すると家内か？　しかし家内が今この時に、急に自分の娘二人を殺す理由が勃発したとは思えない。すると娘の死は、俳句は偽装で、全く別の理由で殺されたのか？　だとするとその理由は何で、犯人は誰なのだろうか？　ここまで来ると思考は止まり、その先に行かなくなる。

それでは房子が亡くなったのはなぜだろう？　医者の見立てでは慣れない酒を飲み過

ぎての心不全ということだが、そんなことってあるのだろうか？　もしかして房子も誰かに殺されたのではないのだろうか？　娘たちと同じように、房子も毒を飲まされたのではないのか？　そういえば、房子の死に方は桃子に似ている。二人とも疲れた状態で帰ってきて、寝ている間に死んだ。ソックリだ。

あの祭りの晩、房子は誰と一緒にいたのだ？　そのとき、房子に酒を注いだり、料理を運んだのは誰だったのだ？

いくら考えてもここから先は進みようがなかった。この先へ進むためには自分で他の人の間を回って情報を集めなければならない。しかし、病弱で床に伏せている自分には叶わないことだ。智介はこの時ほど、自分の体を情けなく思ったことはなかった。

しかし、このような時のためにいてくれるのが下男の作蔵であった。作蔵は忠実な男だ。秘密の仕事を頼んでも信頼できる。

智介は作蔵を呼び、自分の考えを伝えた。作蔵は枕元に座って、じっと話を聞いていた。智介が話し終わると「わかり申しました。調べてお知らせ申し上げます」そう言って帰って行った。

作蔵もあの夜の祭りには参加していた。しかし、裏方に徹して、会場設営、酒、料理の準備に追われていた。村人の動きを子細に見ていたわけではない。祭りが終わった後には会場の後始末、掃除に追われていた。房子がいつ帰ったかもわからなかった。

作蔵は心当たりの村人に聞いて回った。その結果、あの夜は男も女も分け隔てなく食べ、飲んだ。しかし、やはり男衆は男衆で固まり、神社の近くで飲んでいた。一方、女子衆は女子衆で固まって炊事場の近くで飲んでいたと言う。

女性から聞いたところでは、房子も女子衆と一緒に飲んでいたが、それほどたくさん飲んだと言うほどでもなかったと言う。おちょこに2、3杯、付き合い程度だったという。だから、あれほど酔うとは思わなかったという。それが、気付いたら足元がふらついていたので、祭りの用意で疲れたのかなと思ったと言う。それで本家の近所のかみさん2人ほどで家へ送って行ったと言う。

そのかみさんに聞いたところでは、房子は家へ帰る途中、足元がふらついて歩くのがやっとという状態だったと言う。家へ着いたときには口もよく聞けない様子だったので、心配した二人は房子を寝室へ寝かせ、押し入れから毛布を出して掛けて帰ったと言った。

どうも、考えられない酔い方である。作蔵は不思議に思った。これは酔ったのではないのではないのか？　なにか遅効性の毒を盛られたのではないのか？　そういえば桃子様が亡くなられたのも似たような状態だった。お疲れになったと言ってお休みになって、そのまま亡くなられた。これは二人が同じ毒を盛られたからではないのか？　それでは二人に毒を盛ったのは同じ人物か？　だとしたら誰だ？　房子様にあの祭りの晩に毒を盛った人物は桃子様にも同じ毒を盛ったのに違いない。

作蔵はさらに女子衆に聞いて回った。その結果、あの夜、房子の隣にいて、房子に酒や料理をすすめていたのは鳴沢家の則子であったことがわかった。そう聞いて、作蔵は事件の一端がわかったような気がした。

作蔵は智介に報告した。目を瞑って黙って報告を聞いていた智介は、「ありがとう。ご苦労だった」と言うと反対を向いて目を瞑った。

入り婿であった智介は結婚して間もない頃、義母の八重から房子の生い立ちについて聞いたことがあった。房子は双子の姉であり、妹則子は親類の鳴沢家にくれてやった、というものだった。鳴沢家に子供が無く、則子を養子にくれるように熱心に頼まれたことと、ここ本家に双子の姉妹を嫌う家訓があったことで、妹の則子を本家から出したのだとの話だった。

本家に比べて鳴沢家は裕福ではなかったという。そのため、則子は姉の房子とは違った生活を強いられたかもしれないと八重は則子の事を不憫そうに話していた。

作蔵の話によれば祭りの晩、則子は房子に付き添うようにして酒をすすめていたという。毒入りの酒を飲ましたのは則子以外に考えられない。もしかしたら則子には、自分だけが貧しい家に貰い子に出されたことが恨みになって残っていたのではないのか？　そしてそれが理由となって則子が房子とその二人の娘を殺すことになってしまったのではないのか？


そうか、そういうことだ。智介は納得した。やはり双子の姉妹が続いた時に家がつぶれるという言い伝えは本当だったのだ。二組の双子の3人は既に亡くなった。残った一人は、姉親子を殺した女だ。

育った境遇に同情すべき点はあるにしろ、人間として許されるものではない。こうなったら、この始末を着けるのは私しかいない。私もこの体ではいつまでもつかわからない。私が最後にすべきことは、妻房子の妹の則子を楽にしてやることだ。

智介は作蔵を呼んだ。枕元に座った作蔵に智介は言った。

「則子のことは知ってますね」

「奥様のお妹様でいらっしゃいます」

「そうです。それが房子とその娘二人を手に掛けたのです」

「はい」

「則子も苦しんでいるでしょう。楽にしてやってください」

「はい。畏まりました」

作蔵はそう言って智介の元を辞した。

みなさん、安息香です。双子の娘にまつわる悲しい連続殺人事件が起きました。亜澄先生はどのようにして犯人を特定するのでしょうか？　それではトリック解明編をお楽しみください。

トリック解明編

「先生！」

「どうした？　安息香、今度はどんな事件だ？」

　先生と呼ばれたのは宮城県仙台市にある東北中央大学理学部化学科の助教、亜澄錬太郎《あずみれんたろう》、安息香と呼ばれたのは山田安息香《やまだあすか》で、亜澄の下で研究している博士課程1年の女子学生である。二人の会話はいつもこんな調子で始まる。

「先生、連続俳句殺人事件ってご存知ですか？」

「ああ、知ってるよ。ニュースやワイドショーで何回も取り上げられたからな。若い双子の姉妹が、俳句を書いた紙を持って毒殺されたって事件だろ？」

「ええ、そうなんですよ。先生もよくご存知のようですね」

「で、どうしたんだ？　その連続俳句殺人事件ってのは？」

「ええ。最初に殺されたのは双子の姉の方で、歳は25歳ほどだと思いました。死因はたしか植物性アルカロイド、はやく言えば毒草ですね。そして部屋の机の上には俳句を書いた便箋が置かれていたって事件でしたね」

「そうだったな。そしてすぐに次の事件が起こったんだよな」

「ええ、そうです。次は妹の方で、これも死因は毒草だと言うことです。そして今度は死体のポケットに俳句を書いた紙が入っていたそうです」

「なるほど、やはり猟奇的な事件だな。で、その俳句の中身ってのは双子を呪うようなものだったんだよな」

「双子を直接呪うというものではありませんが、何でも女性の双子が続くと家が滅びるっていうような内容だったと思いましたよ」

「そうか、家が滅びるか？　なかなか古風なものだな」

「ええ、現代に通用するようなものではないですね」

「そうだろうな。ということは、この俳句は目くらましだってことでないのか？　犯人は俳句に影響されて殺人を犯したわけではない。犯した殺人の動機を誤魔化すために、この俳句を利用したんだ。どうだ？　そうは考えられないか？」

「さすが先生ですね。言われてみればその通りですね。じゃ、犯人は現代的な理由で殺人を犯し、それをごまかすために昔からの言い伝えを利用したってことですね」

「そうだ、そう考えると合理的だろ？」

「そうですね。そうなると、その殺人の現代的な動機は何で、犯人は一体誰だろうということになりますよね」

「そうだな。当然そうなるな。そしてそれを推理するためには事件の詳しい情報が必要になる。そこで水銀の登場となるわけだ」

「ということで、非常に合理的な推論の結果、水銀さんに電話するってことになりますね」

亜澄は刑事の水銀隆《みずがねたかし》に電話した。水銀は亜澄の高校時代の親友であり、共にラグビー部に属していた。水銀は大学を出ると警視庁の刑事になった。しかし現在は東北管区警察局に出向となり、仙台に来ている。

「やあ、水銀、元気か?」

「ああ、元気、元気。俺に元気以外何があるってんだ?」

「お、やけに元気が良いな。元気以外にお前にある物と言えば事件だろうな。どうだ?」

「おお、そのとおりだ。この所、開けても暮れても俳句殺人、俳句殺人、連続俳句殺人と、同じ村で3回起きた殺人の事件ばっかりだよ」

「お前、もしかして青森に行ってるのか?」

「ああそうだよ。青森に出向中だ。出向して1カ月も経った頃、姉が殺されてな。それから2週間も経たないうちに妹が殺された。そして今度はまた、同じ村で3番目の殺人だ。どうなってるんだ、この村は?　もしかしたらほんとに呪われてるのかもしれないな?」

「まさか今時、呪は無いだろうけどな。実は電話したのはその事件の話を聞きたいと思ったんだよ」

「多分、そんなとこだと思ったが、いいぞ。知ってることは何でも話してやる。その代わり、解決に協力してくれよ」

「あたりまえだ。まず最初の事件から話してくれ」

「あれは5月だったな。青森県は日本海側の西側半分を津軽地方と言うが、その山間にある山神村という小さな村で起こった。昔は林業で栄えたんだが今はからっきしだ。みんな都会に出て、村に残っているのはジーさんバーさんと、その面倒を見るオッカサンくらいのものだ。事件はそこの本家といわれる木造家の大きな古い家で起こったんだ。ここには25歳ほどの双子の姉妹と、55歳ほどの父親智介、50歳ほどの母親房子、80歳ほどの祖母八重、それと70歳近い下男の作蔵の6人で暮らしている。このうち父親は病弱でこの1年ほどは家で寝たきりだな。祖母は認知症だ。姉妹のうち姉の梅子は村の役場で働き、妹の桃子は隣町の役場に通いで働いている」

「なるほどな。そしてまず誰が殺されたんだ？」

「この姉が突然死んだんだ。母親が夕食を知らせに部屋に行ったら机の前で梅子が死んでたんだな。救急車を呼んだが駄目だった。死因は植物アルカロイド中毒。脇の茶碗のお茶の中に入っていた。種類の特定は未だできてない」

「それで俳句はどうだったんだ？」

「俳句を書いた便箋が机の上に置いてあった。俳句は『一輪草ならぶ路傍に三味線草』と書いてあった」

「変な俳句だな」

「俺は俳句の事はよく知らないが、二輪草というのは葉っぱの付け根に白い花が二輪着くという変わった山草で山菜として喜ばれるそうだ。三味線草は別名ペンペン草と言ってな、例の『屋根にペンペン草が生える』っていう、落ちぶれ家の象徴だということで、この俳句は、家に女の双子が連続すると家がつぶれると言い伝えられてきたものだということだ。本家には古い屏風があって、そこに2枚の色紙が貼ってあって、そのうちの一枚にこの句が書いてあるそうだ。俺も現場検証で実物を見たが、その通りだった」

「そうか、それで便箋の筆跡鑑定はしたか?」

「もちろんだ。しかし、わざと筆跡を変えてあり、誰のものかわからなかった。指紋も無しだ」

「そうか、犯人は相当用心深い奴だな。で、2番目は?」

「その事件から10日ほど経った頃だった。土曜日で外出していた妹の桃子が疲れたと言って帰ってきたそうだ。で、そのまま夕食も取らずに布団に入ったんだな。夜中に母親の房子が心配して部屋に行ったら桃子は息をしていなかったってんだよ。死因は植物アルカロイド、種類は不明ということだ」

「それでやはり俳句があったってことだな?」

「ああ。そうだ。今度は桃子の上着のポケットに折りたたまれて入っていた」

「そうか、桃子に毒を飲ませた奴が、別れ際にポケットに入れたんだな」

「そうだろうと思う」

「で、俳句はどうだったんだ？」

「二輪草埴生の宿に陽が沈み、だ」

「埴生の宿ってのはみすぼらしい家のことだよな。それに陽が沈むんだから、たしかに没落のイメージだな」

「な、そうだろ」

「ところでさっき、同じ村で3回目の殺人事件とかって言ったな。それはどういうことだ？」

「1カ月ほど前に村で恒例の夏祭りがあったんだ。そこで本家の奥さん、つまり房子が殺されたんだ」

「なに？　娘二人が殺された上にその母親までが殺されたのか？　死因はなんだ？」

「これも植物アルカロイドだが、種類は未だ明らかになっていない。しかし、同定試験の結果、先に妹の桃子が殺された毒と同じ物であることがわかった」

「そうか、毒か。どんなふうに殺されたんだ？」

「夏祭りに出て、他の女性といっしょになって、お祭りに毎年出すことになっている津軽名物のせんべい汁を作ってたんだな。その後は男と一緒になって酒盛りってわけだ。ところが房子はそれほど飲んでいないのに酔いが回ったと言ってたってんだよ」

「そうか、疲れてたのかな？」

「それはわからない。とにかく近所の人が二人で房子を支えて歩かせて、本家に着いたそうなんだな。ところが房子は完全に酔って、ろれつもよく回らないんで、居間に寝かせて布団を掛けて帰ったんだそうだよ。翌朝本家の下男の作蔵が覗いたら死んでいたってんだな。普通なら自然死で片付けられたかもしれないが、2件も殺人事件が起きた後なんで、念のために解剖に回したんだ。そしたら、やはり植物毒による毒殺である事がわかったということだ」

「今度は俳句みたいな物は無かったのか?」

「ああ、なんにも無い。酔って静かに死んだだけのように見えるんだな。だけど解剖して開けて見ると毒殺だってんだから、やはり怖い事件だ」

「犯人の目星はついてるのか?」

「いや、まだだ。弘前署は最初、娘の死については下男の作蔵のせいではないかと睨んでたんだよ」

「なに?　下男の作蔵が犯人だって?　何でそう考えたんだ?」

「別に証拠があったわけではない。俳句のせいだよ」

「俳句のせい?　やっぱり双子の死には俳句が絡んでいたのか?」

「いや、それはわからない。県警が注目したのは作蔵の忠実さなんだ」

「なんだ?　忠実さって?　忠犬ハチ公でもあるまいし、何だ?」

「いや、笑うな亜澄。ここは本州最北端、津軽の奥地だぞ。まだまだ昔のものが生き残っている」

「そうか、そういうものか?」

「ああ、そういうものだ。この作蔵は70歳ほどだからもう60年近くも本家に仕えて来たんだ。これは金銭関係だけでできるものではない。人間同士の信頼関係に基づかなければできるものではない。それが作蔵の忠実さだ。特に当主の智介とその母の八重に対する忠実さは別格だ。二人をまるで神様のように思ってるんでないかと思うほどだ」

「そうか、そんな関係が未だ生き残っていたのか」

「それでだな、県警はうがった見方をしたんだな。原因は、女の双子が二代続くと家がつぶれると言う、本家に伝わる言い伝えだ。現に、現在の本家は見る影もない。ところが分家はスーパー経営に成功して、今では津軽一のスーパーになっている。昔の本家のように、飛ぶ鳥を落とす勢いだ」

「なるほど、本家がつぶれそうだってわけか?」

「そういうことだ。それを気にしたのが八重だ、と弘前署は考えた」

「しかし八重は認知症なんだろ? そんなことを考えることができるのか?」

「弘前署は八重の認知症は仮病だと思ったんだ。それで八重が作蔵に命令して姉妹を殺させたと考えたんだな」

「そんな!」

　脇で聞いていた安息香が悲鳴を上げた。

「そんなことはいくらなんでもひどすぎます。いくら家がつぶれそうだと言っても、かわいい孫を二人も殺させるなんて、そんなひどい事考えられないわ！」

「おお、安息香さん。そこにいたんですか？　もちろん、そんなことはありえませんよ、私は断固として反対したんですけどね。弘前署は一応当たって見るだけだと言って作蔵を任意で呼んだんですよ。だけど自白も証拠も何にもないので、そのままお帰り願ったということになってるんですよ」

「当たり前だわ！」

「で、どうなんだ？　水銀。犯人の目星は？」

「いや、まだだな」

「そうか、これは難しい事件だな。３番目の事件は双子殺しと関係あるのかな？」

「それなんだがな。未だわからない。しかし狭い村で短期間に連続して3件だからな。無関係というのも考えにくいんだな」

「それはそうだな。しかし、俺には犯人は一人ではないような気がするな。ま、なにか考えついたら知らせるよ」

「おお、頼んだぞ」


ところがそれから数日経った頃、水銀から連絡が入った。

「おい亜澄。大変だ、またあの村で殺人だ」

「なんだ? 4件目か? 今度は誰だ?」

「村の鳴沢という家のおかみさんの則子だ。何でも、裏のわずかばかりの田んぼを耕していたらしいんだな。午後一休みして、お茶を飲んだところで力尽きたんだろうな」

「なんだ? 力尽きたってのは? 誰か現場を見ていたのか?」

「いや、誰も見ていなかった。見つかったのは夕方の5時頃、現場を通りかかった村民が、田んぼの中に倒れている則子を見つけて助け起こしたんだな。ところが、既に死んでいるってんで大騒ぎになったわけだ」

「そうか、それじゃ証拠になるような物は見つからないな」

「しかし、現場は泥に埋まった状態だ。泥をバカにしてはいけないぞ。あれは石膏と同じように現場の状況を残す。とにかく、現場の泥の状況から見て、則子は起き上がろうともがいたようだ。しかし、そのまま崩れたっていうことのようだな」

「それじゃ則子は田んぼに倒れてそのまま、泥水かなにかで水死したってことか?」

「ああ、解剖の結果はそうだな。肺から田んぼの泥水が出た」

「そうか、問題はどうして田んぼに倒れたかだな?」

「いや、また毒だ。それも桃子、房子が殺されたのと同じ毒だということだ。則子が倒れた近くにお茶の入ったヤカンと茶碗が置いてあってな、その茶碗から毒物が検出された」

「毒物はなんだ?」

「それは未だわからない。鑑識がこれまでの毒物も含めて目下調査中だ」

「そうか、どうも俺には少なくとも桃子と房子の毒は同じ毒のように思える。毒物にコニインってのがあるんだけどな、それのように見えるんだ。コニインってのはドクニンジンの成分で遅効性なんだよ。桃子は帰ってくると疲れたと言って寝たんだったな。房子は酔い過ぎだろ。これはコニインによくある症状だ。ドクニンジンはこの辺にも自生しているから、手に入れるのは簡単だ。念の為、鑑識に言っておくんだな」

「そうか、それはいい事を教えてくれた。鑑識に調べるように頼んでおく」

「それでとにかく、犯人がその茶碗に毒物を入れたってわけだな」

「そういうことになる。そしてその可能性のある男も特定している」

「なんだ、それじゃ犯人は見つかってるってわけだな」

「ところが証拠が無いし、自白も無い」

「誰だ?　それは?」

「本家の下男の作蔵だよ」

「エッ?　また作蔵か?　動機は何だ?」

「それもわからない」

「それじゃ、やはり逮捕は無理だな」

「残念ながら、そういうことだ」

「なんで作蔵を犯人だと思うんだ？」

「近所での聞き取り捜査なんだ。あの日、昼過ぎに作蔵が現場の方に歩いて行くのを見たって人がいたんだ」

「そうか、他に現場に近付いた人はいないのか？」

「なんせ、人数の少ない村でな。外を出歩く人も少ないので、目撃情報が上がらないんだ」

「そうか。それで作蔵が則子と話している所を見たとかって、話しになってるのか？」

「いや、それほど確かな情報ではない。ただ、作蔵が則子の方に歩いて行ったのを見たってことだけだ」

「それだけの情報で作蔵を引っ張ったわけか？　無理をしたな」

「他に手がかりが何にもないんだ。こっちだって藁をも掴むような思いでやってるんだ」

「そうか、それでお前はどう思うんだ？　作蔵は犯人か？　印象はどうだ？」

「俺の印象では作蔵が犯人だと思う。しかし証拠も無ければ動機も無い。これではお手上げだ」

「そうか、それでは、違う方面からの捜査でいくしかないな」

「なんだ？　違う方面ってのは？」

「今度の一連の殺人事件ってのは、互いに関係してるとは思わないか？」

「それは思うな。こんな狭い村で４人も殺されてるんだ。全く無関係な事件が４件連続したとしたらそれこそ天文学的な偶然だ」

「そうだろ。少なくとも双子の姉妹の殺人は互いに関係しているよな。次の房子は双子の母だから、これも何か関係してると見ていいだろう」

「ああ、そうだな。すると今回の則子はどういう関係になるのかってことだな」

「そうだ。今回の事件だけがちょっと異質なんだな。どうだ、水銀、則子の事を調べてくれないか。なんか他の3人と関係している所があるんでないかな?」

「なるほどな。我々の知らない所で関係しているかもしれないな。よし、わかった。調べて見る。何かわかったら知らせるから」

「おお、楽しみにしているぞ!」


数日後、水銀から電話が入った。

「おお、亜澄。とんでもないことがわかったぞ」

「そうか、それは良かったな。で、なんだ? そのとんでもないってことは?」

「則子は房子の妹だったんだよ」

「何だって則子と房子は姉妹だったのか?」

「ああ、しかもだな、驚くな。その上、二人は双子だった。しかし親が双子の姉妹を嫌って、妹の則子を親戚に養子に出したんだ、それが鳴沢家だったんだな。しかし、このことは本家、鳴沢家、双方の家が厳重に口封じをしたもんだから、関係者以外誰も知らなかった。もちろん則子自身も知らなかったはずだ」

「そうか、そんな事情があったのか？　とにかく、これで４件の事件が繋がったわけだな」

「そういうことになる。ところが、最近則子がそのことを知ったようなんだな」

「なんでだ？」

「則子の義理の母親が最近亡くなったんだよ。その時に則子に事情を話したようだ。村人の中に、則子が『私は、本当は本家の娘だったんだ。それがこんな貧乏家に貰われてきたからこんなに苦労した。姉は本家の跡取娘だとしてチヤホヤされて育ったのに、大変な違いだ』って怒っていたのを聞いた人がいる」

「そうか、怒っていたのか。それも問題だな。例え貧乏でも可愛がって育ててもらったんだろうにな」

「ああ、俺もそう思う。それに則子には立派な息子がいてな。則子だってそれなりに幸せだったはずだよ」

「そうか。で、その息子さんってのはどんな人だ？」

「ああ、26歳の鳴沢健太と言ってな。青森の大学を出た後、青森の信用金庫に務めて青森に住んでいる。しかし土日にはよく実家に帰ってきている。双子の姉妹とも仲良くしていたってことだ」

「なんだって？　鳴沢が双子と仲良くしてたって？　だけど鳴沢の母親と双子の母親は姉妹だろ？　ていうことは健太と双子はいとこ同士だよな」

「ああ、そうだ。鳴沢と双子は高校が同じでな、鳴沢が3年、双子が1年の時に高校で一緒になってる。それでその頃のクラスメイトに聞いたところでは鳴沢は姉の梅子とよく話してたっていうな。それでその関係はその後も続いていたそうだ。鳴沢が山神村に来たり、梅子が青森に行ったりしてよく付き合っていたそうだ」

「そうか、で妹はどうなんだ？」

「妹は妹で付き合っていた男性がいたようだな。だけど、実は妹も鳴沢を好きだったという友人もいるな」

「なんだ？　それでは姉妹で鳴沢を取り合っていた可能性もあるのか？」

「そういうことだな」

「そうか。何か見えて来たぞ」

「何が見えてきた？」

「事件の構図だよ。これは複雑なように見えるが、事件の発端は意外と単純な事かもしれないぞ」

「単純な事っていうと？」

「よくあることだ。単なる三角関係ってやつで無いのか？　梅子と桃子が鳴沢を争って、妹の桃子が姉の梅子を殺したって可能性だ。妹が姉の物を欲しがるのはよくあることだからな。

今回もそのケースでないのか?」

「なるほど。桃子が梅子を殺したとすると、じゃ桃子を殺したのは誰だ?」

「それは鳴沢ってことになるんでないか? それはともかく、梅子を殺した桃子が事件の動機をごまかすために俳句で小細工したってわけだ。で、そのことを2件目の事件で鳴沢も利用したもので、事件が一見複雑に見えて、わかりにくくなったんでないかな」

「そうか、事件が事件を生んだってことか?」

「そういうことだな」

「じゃ、房子と則子の事件はどうなるんだ?」

「それは鳴沢を調べれば、見えて来るんでないか?」

「なるほど、まず鳴沢を呼んで調べることだな。よし、わかった。やるぞ、鳴沢を調べてやる。何かわかったらしらせるからな」

「ああ、待ってるぞ」


それから1週間ほど経った頃、水銀から連絡が入った。

「おお、亜澄。だいぶわかったぞ」

「そうか、それはよかったな。で、どうだった?」

「お前の言う通りだったよ。鳴沢は梅子を殺したのは桃子だと思ったんだな。それで、そのことを双子の母親の房子に話して桃子を自首させてはどうかと相談したんだそうだよ。そしたら、そんな身内同士の殺し合いのような恥さらしな事を世間に知らせるわけにはいかないから、いっそ桃子を殺してくれって頼まれたってんだよ」

「なに？　自分の娘を殺してくれって頼まれたってのか？」

「ああ、鳴沢はそう言うんだ。それで鳴沢も大切に思う梅子を殺された恨みがあるんで、房子に唆されるまま桃子を殺してしまったってんだな」

「なるほど。後で、大変なことをしてしまったと思ったわけだ」

「ところが、房子が変なことをしてきたんだそうだ」

「なんだ？　変な事って？」

「鳴沢を誘惑してきたんだとよ」

「なに、誘惑？」

「ああ、それで誘惑に応えなければ桃子を殺したことを警察に届けると脅したってんだな」

「呆れた話だな。それでどうしたんだ」

「そのことを鳴沢の母親の則子に知られたんで、何もかも則子に話したんだそうだ」

「そうか、それでわかった。則子は自分の境遇が房子より劣っていたことの恨みと、息子に殺人を唆したことの恨みで房子を殺したってことだな」

「ああ、鳴沢はそうだと思うと言ってるよ」

「なるほどな。これで4件の事件のうち、3件は解決したわけだな。最後の則子の件はどうなんだ？」

「3件が結局は本家絡みの事件だったからな。則子の件もそうに違いないと思うんだ。しかしそうなると実行犯になれるのは作蔵くらいしかいないんだな。当主の智介は寝たきりだし、祖母の八重は認知症だからな。この認知症は、医者や八重が通っている施設に当たってみたが、本物だな。仮病やなんかではないようだ」

「そうか、すると作蔵の自白を待つ以外無いわけか。困った話だな。ところで、則子が殺された毒物はわかったか？」

「ああ、わかった。お前に言われた通り、桃子と房子の血液を調べたらコニインが見つかった。その上、則子の血液からも見つかった」

「そうか、毒はコニインか。だったら、本家を家宅捜索だ。作蔵の部屋や仕事場からドクニンジンの枝なんかが見つかるかどうかだ。もし見つかったらそれまでだ。作蔵がドクニンジンからコニインだけを抽出するなんてことをするはずは無い。しぼり汁をそのまま使ったに違いない。つまり則子の茶椀にはドクニンジンの破片が残っているはずだ。両方のＤＮＡを比較して一致すれば強い証拠になるぞ。これで周期表も完成だな」

「そうか、周期表が完成したか。ようし、わかった。早速家宅捜索だ！」

数日後、水銀から電話が来た。

「おお、水銀、どうだ？　解決したか？」

「ああ、解決した。しかし、意外な解決だった」

「意外？　犯人は作蔵でなかったか？」

「いや、作蔵だった」

「じゃ、意外と言うのはなんだ？」

「昨日、当主の智介が警察に来たんだよ。羽織袴に威儀を正してな。歩くのも不自由なんでタクシーで乗り付けた」

「そうか、よほどの事情があったんだな」

「ああ、署長が応対すると、開口一番『申し訳なかった』だよ」

「まさか智介がやったってんじゃないだろうな」

「いや、そうじゃない。作蔵は房子と則子の関係も、鳴沢と梅子、桃子の関係も全て知っていたんだ。智介もこれまでの経緯を考えると、少なくとも房子を殺したのは則子以外にいないと思った。則子は小さい時から苦労してきた。そのため、一時の思いで姉の房子を殺したのだろうが、その後は罪の意識で苦しんでいるに違いない。そんな思いをさせておくよりも、ここで一思いに楽にしてやった方が良い。それができるのは自分しかいない。そう思って作蔵に頼んだって言うんだな」

「そうか、そういうことか。それで主人を庇った作蔵は自白しようとしなかったんだな」

「そういうことだな。智介が作蔵に会いたいと言うんで、署長が特別に面会を許したんだな。智介は作蔵に申し訳なかったと言って机に手をついて謝ったそうだ。作蔵も『旦那様、お守りできずに申し訳ありませんでした』と言って泣いてたって話だ」

「そうか。大変な事件だったな」

「ま、そのうち、津軽名物のいちご汁かなんかで一杯やろうや」

「ああ、良いな。例のウニの入ったやつだな。安息香さんにもよろしく言っといてくれ」

「ああ、わかった。それじゃな」


脇にいた安息香が言った。

「先生、終わりましたね」

「ああ、終わったな。重い事件だったな」

「そうですね。冬の日本海の空のような事件でしたね」

【リンゴ】

リンゴの生まれ故郷はアメリカと言われます。そのアメリカではリンゴの木は植えっ放しで、実がなったら砕かれてアップルサイダーにでもされるのがオチでした。

そのリンゴが日本に来るとまさしく下にも置かないもてなしを受けています。日本の農家はどんなものに対してでも、手間暇をかけて育てますが、そのおかげで見た目も味も世界に誇れるリンゴができたのです。

ポリフェノール

リンゴは様々なビタミンや栄養素を含み、昔は「1日1個リンゴを食べれば医者いらず」と言われるほど栄養満点の果物とされました。最近、このリンゴに今流行のポリフェノールが含まれていることがわかり、医者いらずの度合いが一層高まってきた観があります。

なぜポリフェノールが注目を集めたのかというと、フレンチパラドックスと言われる現象です。つまり、フランス人は肉とバターをたっぷりと食べますが、その割に心臓病疾患が少ないと言います。これにはなにか理由があるに違いない。ということでたどり着いたのがワインです。

フランス人が健康なのはワインのせいである。ワインにはポリフェノールが含まれる。したがってポリフェノールが健康の素である。と言ってはあまりに短絡的になってしまいますが、とにかく「ポリフェノール」がリンゴにたっぷりと含まれているのです。その上、リンゴのポリフェノールは特に皮に多く含まれているから、リンゴは丸ごとかじるのが良いという昔の教えが科学的な衣をまとって蘇ってくることになります。

リンゴの蜜

赤く熟したリンゴを真っ二つに割ったときに見える透明な蜜は、冬の冷えた心をリッチに温めてくれます。蜜の入ったリンゴはおいしいですが、さりとて蜜の部分だけを切り

◉リンゴ

分けて食べても特別に甘いわけではありません。これはどういうことでしょう？

リンゴの甘味はスクロース（砂糖）、グルコース（ブドウ糖）、フルクトース（果糖）などの糖によるものです。しかしこれらは葉で行われる光合成の一次産品ではありません。葉が作るのはソルビトール（還元糖）であり、それが果実部分に送られると酵素の作用によって酸化されてグルコースなどの糖類に変化するのです。

ところが、外気温が低くなると、ソルビトールの酸化が円滑に進行しなくなり、ソルビトールが細胞と細胞の間にたまることになります。これが蜜の正体なのです。したがって、蜜はリンゴが十分に熟成した証明にはなるものの、蜜そのものには糖としての甘味は無いのです。

◉グルコース

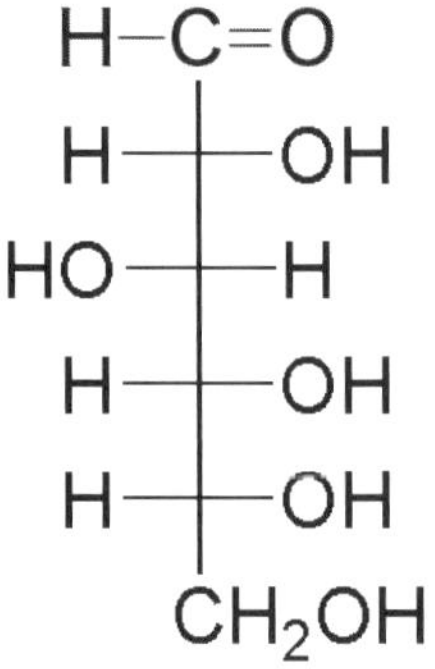

◉ソルビトール

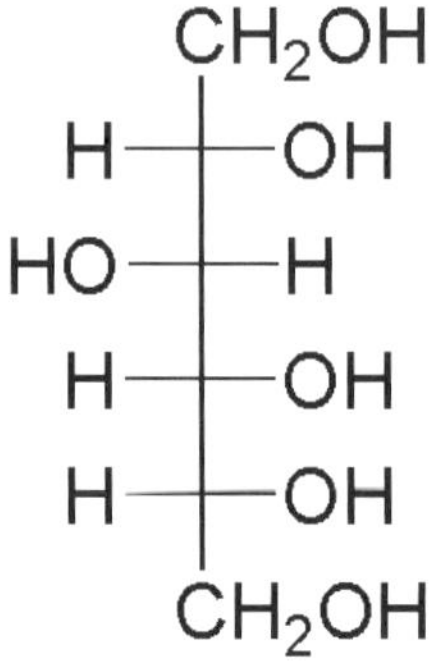

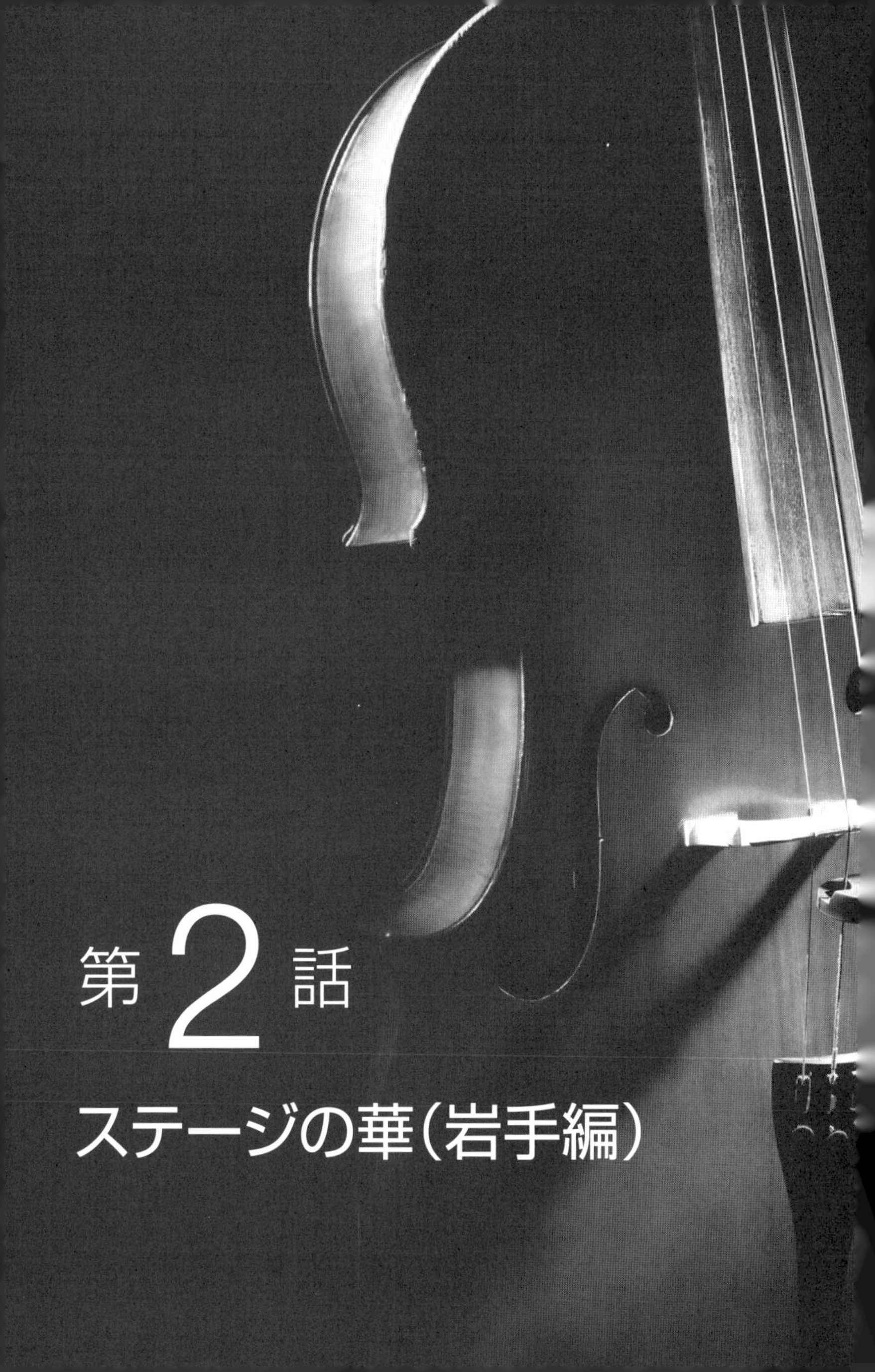

第2話

ステージの華（岩手編）

～第2話　ステージの華（岩手編）～

岩手県は47都道府県の中で北海道に次いで2番目に面積の大きい県である。県の中央部には北上山地が、秋田県境には奥羽山脈がそびえる。また、県東部の三陸海岸は日本最大のリアス式海岸として知られる。内陸部に北上盆地があり、県の人口およそ135万人のうち、100万人以上はここに集中している。

平安時代には奥州藤原氏が平泉に絢爛たる仏教文化を築いたが鎌倉政権に滅ぼされ、その後は南部藩が一帯を支配した。江戸時代には、県の南部は概ね仙台藩伊達氏に、北部は盛岡藩南部氏によって統治された。幕末に東北諸藩が奥羽越列藩同盟を作って中央政府に楯突いたが、結局敗れて明治政府によって占

◉浄土ヶ浜

領された。

岩手の海は三陸海岸の一部になる。三陸とは陸前（岩手県の一部と宮城県）、陸中（秋田県の一部と岩手県）、陸奥（岩手県の一部と青森県）の三国にまたがる海ということからついた名前である。中でも岩手県部分は陸中海岸国立公園としてその美しさが謳われている。その中心が浄土ヶ浜であり、３００年ほど前にここに来たお坊さんがその美しさに打たれ、まるで極楽浄土のようだと言ったことから名前が付いたと言われる。

三陸海岸の味はホヤである。ホヤは、でこぼこのマンゴーのような物体である。れっきとした生物であり、ナマコのようなものと思えば近いだろう。食べるには、このでこぼこマンゴー類似体を縦真っ二つに割る。中に赤貝のような黄色とオレンジと赤が絶妙に混じり合った貝のような身がある。これを取り出し、中央の内蔵を除いたら、あとは適当に一口大に切り分ければよい。

調理は三杯酢による膾《なます》に尽きるが、大切なのは、かならずキュウリの薄切りを加えることである。さて、味であるが。絶妙と言っておこう。好きな人はめっぽう好きである。しかし苦手な人もいる。苦手な人はその匂いである。良く言えば磯の匂い、悪く言えば磯に打ち上げられて匂いを放つ海藻の匂いである。好き嫌いは食べて見なければわからない。何かの機会に食べて見るだけの価値はある。

＊＊＊

ステージ上の死。華々しい衣装に身を包み、宝石のように輝くバイオリンを操って悪魔のように人の心を虜にする旋律を奏で、聴衆を陶酔の縁に沈める。しんと静まり返る会場に響き渡る時に浪々と、時に鋭いバイオリンの音。陶酔の裡に静まり返る大ホール。その時、突如振るわれる死神の大鎌。何と美しいステージだろう。なんと美しい光景だろう。

崩れ落ちる演奏者。音を立てて転がるバイオリン。悲鳴を上げて立ち尽くす伴奏者。驚いて駆け寄る楽屋の関係者。何事が起きたかわからず一瞬静まり返る聴衆。次の瞬間、悲鳴と怒号で騒然となる大ホール。

なんと劇的な瞬間だろう。これ以上の演奏会があるだろうか？　ワグナーだってこれほどの劇的なステージを作り上げたことは無いのではなかろうか。

ステージ上での死。華麗な死。それこそが明美に相応しい死だ。彼女に相応しい死を贈ってやろう。それこそが明美の望むものなのだから。

バイオリニストの小岩井明美は、そこそこの美人で、演奏もそこそこ上手だ。演奏会を開けばそこそこ人が集まり、そこそこの批評が音楽誌に載る。しかし所詮そこそこであり、そこそこに過ぎない。

ちょっと真面目に20年も練習を積めば誰でも到達できる程度の技量に過ぎない。そこそこの技量があるだけで、その上になるために必要な感性が無い。全く無い。

彼女の音楽は世界はもちろん、日本の音楽界に影響を与えるような段階では到底ない。ここ、地方の小都市で、地元出身の演奏家というハンディをもらったうえでときおりの出番があるだけに過ぎない。普段は街の音楽教室で子供相手にバイオリンを教えている三文音楽家に過ぎない。

明美は競争心が激しすぎる。実力が無いのに負けず嫌いだ。実力が無いのだから実力のある人間に負けるのは当然なのに、彼女にはそれが許せない。とにかく自分と互角か、それ以上に競う演奏技量を持つ人間を許せないのだ。人間性の狭い女だ。そこそこの資産家の家に生まれ、周囲にチヤホヤされて育つとこうなってしまうという典型のような女だ。

私は明美のことなど何とも思わないのに、明美は私をライバルと思っているようだ。とんだ迷惑である。いや、そんなものではない、私に敵愾心さえ持っている。

私の演奏に事あるごとに文句をつけ、事あるごとに批評家、マスコミ関係者、先輩、上司にコソコソと告げ口をして回っているようだ。あそこのテンポはおかしいとか、あそこの音程が甘かっただとか、あそこの強弱は大げさすぎるとか、微に入り細に入ってネチネチと文句をつけまわす。

そんなことは演奏者の解釈、感性の問題だ。オマエなんかの感性と私の感性を一緒にされてはいい迷惑だ。気に入らなかったら聞かなければいいだけだ。誰もオマエなどに、明美に聞いてくれだとか批評してくれなどとは言っていない。

とにかく明美は自分と競うような人間を引きずり下ろすことしか考えていない。他人を引きずり下ろすより、自分がのし上がればいいのに、そうするだけの気力も忍耐力も、何より能力が無いのだ。努力するのが嫌なのだ。そのくせ人に負けるのはもっと嫌いなのだ。どうしようもない人種だ。

そんなのが許せるはずは無い。私も随分と我慢を続けてきたが、もう限界だ。明美には死んでもらおうと思う。

明美はステージに上る前に必ずビタミン剤のカプセルを飲む癖がある。そんなものを飲んでも何の役にも立たないことは、いくら彼女でも知ってるだろうが、とにかく気休めだ。ゲン担ぎと言った方がいいかもしれない。こんなことは明美に限らず、演奏家にはよくあることだ。ある演奏家などワンショットのウイスキーをひっかけることにしていると公言している。

明美は市販の粉剤用カプセルに、自分で調合したという曰くありげな何種類かのビタミン剤を混ぜて入れている。それを市販のピルケースに入れ、いつもハンドバッグで持ち歩いている。それを知っているのは私だけだ。

明美愛用のカプセル、ピルケースと同じ物を薬局で手に入れた。このような物は特殊な物だ。使う人は滅多にいないので、そんなに何種類も売られているというものではない。明美愛用のものと同じ物を手に入れるのは、たやすいことだ。5、6個のカプセルに青酸カリの白い粉を入れ、ピルケースに入れた。

今日の演奏会場は私も何回か演奏したことがある。楽屋の配置や作りはよく知っている。今日の演奏はバイオリンソナタとバイオリンコンチェルトというバイオリン尽くしだ。オーケストラの演奏者も含めると7、80人の大演奏だ。

皆がリハーサルでステージに出払っている時間を見計らって楽屋に行き、明美のハンドバッグの中のピルケースを私が用意した物と交換した。中には青酸カリ入りのカプセルが入っている。誰も気づくはずは無い。

プログラムはソナタから始まる。その後10分の休憩を取ったのちコンチェルトが始まる。時間になった。ステージが開いた。拍手とともに伴奏者が出てきて軽く一礼した後ピアノの前に座った。いつもの春木場さんだ。音楽大学のピアノ科の准教授をしている。県内では知られた伴奏者だ。私も何回か伴奏してもらったことがある。こちらの演奏によく合わしてくれる。安心して任せられる伴奏者だ。こんな良い人を驚かせるのは申し訳ない気もするが、仕方が無い。我慢してもらおう。

明美はこんなに良い伴奏者をも悪く言うことがある。自分の演奏がうまくいかなかった時には、それを伴奏者のせいにする。伴奏者があそこでまごまごしたとか、あそこで一音間違えたから、こちらも引きずられたとか、とにかく何でもかんでも人のせいにする。春木場さんだって嫌な思いをしたことがあるはずだ。明美が死んだらきっと喜んでくれるだろう。二度と明美の伴奏をしないで済むと。

拍手が一段と大きくなると、スポットライトに包まれるようにして明美がステージに現れた。今日はお得意の真紅のドレスだ。彼女の勝負ドレスだ。まさしく今日という日の衣装にピッタリだ。良い物を選んでくれたものだ。虫の知らせでもあったのかもしれない。

中央にくるとあでやかに品を作ってお辞儀をした。一段と大きくなった拍手が止んだ。

明美と伴奏者と頷きあうと伴奏が流れ出した。5小節ほどの前奏が終わるとバイオリンがメロディーを奏で始めた。お馴染みの主題提示が終り、華やかな展開部が終り、最後のコーダに向けて一時の静かな音楽が流れはじめた。

突如、バイオリンが異質な音を立てた。

目を瞑って聞いていた聴衆は何事かとステージに目を遣った。そこで見たものは、弓を天井に向けて突き上げ、身をくねらせる明美であった。懸命に立ち続けようとした明美の体が重力に負けてステージに崩れた。顔から赤いしぶきが散った。

伴奏の春木場さんがあわてて明美に駆け寄った。楽屋の係員が足音も荒く駆け寄った。ホールは声にならない声でうずまった。全員が総立ちになった。救急車、警察などと叫ぶ声が交錯した。女性の聴衆の中にはホールの非常口に走り出す者もいた。

さっき明美が飲んだ青酸カリ入りのカプセルが溶けたのだ。青酸カリは明美の胃の中に溶けだし、胃酸と反応して青酸ガスになり、食道を逆流して肺に入り、そこで肺胞にきていたヘモグロビンと結びつき、ヘモグロビンが酸素と結合するのを阻んだのだ。酸素運搬が止まった明美の脳細胞は酸素不足に陥って細胞死を起こした。明美は死んだのだ。

そうだ。これが明美の最後の演奏となったのだ。まさしく白鳥の歌である。これほど印象深い演奏会がまたとあろうか？　例え明美がこれから先も生き続けていたとしても、これほど聴衆の心に生き続ける演奏会を開くことができただろうか？　明美の音楽では不可能である。断言できる。明美は以て瞑すべしである。私は感謝されてしかるべしである。

ホールには救急車とパトカーがけたたましい音を立てて駆けつけ、血相変えた救急隊員や警察官がステージに跳び上がってきた。救急隊員が明美の顔を覗き込んでいるが首を横に振っている。ダメだと言うことであろう。当然だ。これから救急病院に運んで死因を解明ということになるのだろうが、青酸化合物による死という診断になるに決まっている。他に何があるというのだ。

ソロ演奏家がいくら自己顕示欲が強いといっても、まさかステージで演奏中に自殺するほど自己顕示欲の強い演奏家も無いないだろうから、自殺は考えられない。他殺に決まっている。

問題は明美がいつ、どのようにして青酸化合物を飲んだかだ。青酸化合物は即効性で飲んだらすぐに死ぬに決まっている。それがステージで演奏中に死んだとなれば、何かトリックがあるに決まっている。いくら田舎警察とは言っても、それに気付かないことは無いだろう。

だったらすぐに思いつくのはカプセルだ。チョット調べれば、明美がステージに上るときにはビタミンのカプセルを飲むことはわかるはずだ。警察がピルケースに残ったカプセルを調べれば、犯人が毒入りのピルケースに交換したことは明らかになるだろう。そんなことは当たり前だ。そこから先まで調べられるかどうかが問題だ。

私が楽屋に入ったことは誰にも見られていないし、指紋を残すようなヘマもしていない。ノンビリと過した田舎警察が私に辿りつけるとは思えない。当分、ゆったりした気持ちで音楽を聞いて過ごして良いだろう。こんな時はバッハの無伴奏が良い。あれは神が人間に下さった最高のプレゼントだ。

＊＊＊

明美の先生の赤渕良子先生が、教え子が殺された事件の真相を暴こうと懸命のようだ。赤渕先生は、犯人は内部の者だと思っているようだ。考えるまでも無く当然のことだ。

ただ、この場合、私が内部の者に当てはまるかどうかは微妙な所だ。同じ音楽関係者、それもバイオリン奏者ということでは内部の者になるかもしれない。しかしあの夜の演奏には私は一切関係していない。ただの一人の鑑賞者として会場にいただけだ。その意味では外部者に過ぎない。どちらにするかは赤渕先生の判断次第だ。

明美は性格が良くないので多くの人に嫌われていた。殺そうと思った者も何人もいたはずだ。そんなことはいくら赤渕先生でも知っているはずだ。もしかしたら赤渕先生自身が殺そうと思ったことだって一度や二度はあるのでは無いだろうか？　そんな人の間を聞きまわっているのだから、赤渕先生もご苦労様なことだ。

犯人を見つけてどうするつもりなのだろう？　余計な事をせずにバイオリンでも練習していれば多少はマシな演奏になるだろうに。歳をとると他人のことにおせっかいを焼きたくなるのだろうか？　とんだ迷惑だ。いい加減にしてほしいものだ。

私の所にまでいろいろ聞きに来た。他の人から何か言われたのかもしれない。明美が私の事をことさらに悪く言っていたのは周囲の者なら誰でも知っている。それも、私が明美の目の上のたんこぶに当たる演奏者であることを認めているからだ。とんでもない。私と明美では音楽が違う。しかし音楽を知らない音楽家は、私が明美を恨んでいたはずだと言う者もいるだろう。なに、言われたって別に構いはしない。本当のことだ。

しかし、恨んだということと殺したということは全く別のことだ。私の場合はたまたま一致したが、そんなことは滅多にある話ではない。多くの場合は、恨んでも泣き寝入りするだけだ。いくらバカな警察でも恨んだから殺したと直結するほどのバカでもあるまい。

しかしどうも赤渕先生は私を疑っているようだ。同じようなことを何回もしつこく聞いてくる。周りの友人にも私の事を聞きまわっているようだ。こいつはオツムが悪いのだ。だから一回聞いたことを記憶することもできずに何回も聞いてきて、しかも聞いたことを組み立ててストーリーを作ることもできない。こんなおバカさんと付き合うのはウンザリだ。面倒くさい。

しかも、赤渕先生は私が習った大窯先生とはライバル関係で仲が良くない。もしかしたら大窯門下の私に傷をつけたいという思いなのかもしれない。もしそうなら、許して置けるものではない。

それに、イヌも歩けば棒に当たるだ。放って置いて変なことを嗅ぎ付かれても、面倒になるだけだ。余計なことに気づかれる前に赤渕先生にも死んでもらった方が、後腐れが無くていいだろう。

赤渕先生がワンカップ演奏会を開いた。これは、幕間にグラスワインを飲み、次の演奏を聴くという洒落た演奏会である。それならばワングラスコンサートとか、洒落た、というより当たり前の名前にすれば良さそうなものだが、盛岡は日本酒党が多いからということで付けた名前と言う。

しかしプログラムの曲名はカタカナばかりである。最初の2、3曲が『故郷』だとか『浜辺の歌』だとか、ポピュラーとも言えないような大昔の小学校しょう歌が並ぶ。人を小ばかにしたようなプログラムである。

目玉は幕間の休憩時間を長く取り、赤渕先生がワイングラスを持ち、聴衆の間を回って雑談を交わすという趣向である。

とはいってもアルコールが入ったのでは演奏に差し障りが出るので、先生のグラスにはノンアルコールワインが入っている。そのため、先生のグラスには目立たない所にマークが付けてある。そのグラスに毒物を入れた。

濃い水色のドレスに豊満な身を包んで、グラスを持って聴衆の間を挨拶と短い会話をしながら品をつくって優雅に歩いていた先生がワインを飲んだ瞬間、ワイングラスを落とし、うずくまった。

脇にいた聴衆の一人が助け起こそうと先生の肩に手を掛けて悲鳴を上げげた。先生の口から洩れていた赤い物がワインではなく血であることに気付いたからである。会場は騒然とした。誰もが先日起こった明美のステージを思い出した。

いつもの通り、警察と救急車が飛んできて、先生を病院に運んだ。警察が主催者側の係員に事情を聞いている。しかし会場は騒然そのものだ。驚いた聴衆の中には自分のグラスを落とした者も何人もいた。その破片と先生のグラスの破片がゴッチャになり、それが聴衆に踏まれて更に砕けて、ということで、証拠調べも何も無いようだ。グラスに残った指紋調査など何の役にもたたないのであろう。

こうして赤渕先生もアッサリと死んでくれた。明美と赤渕先生というバイオリンの子弟が共に演奏会で、毒物で死んだというので警察もマスコミも騒ぎ立ててきた。騒ぎは岩手県だけに留まらなくなった。週刊誌も興味本位に騒ぎ立ててきた。面倒なことになってきた。

警察は内部事情に詳しい者の怨恨による殺人と踏んでいるようだ。当然の話だ。しかし、警察には悪いが、明美と赤渕先生の両方を憎んでいる人物、そんな人物などいるはずが無い。明美は別として、赤渕先生は人に恨まれるような人物ではない。バイオリンを別にすれば赤渕先生はただの人の良い、人の面倒見の良い一人のオバチャンに過ぎない。先生に恨みを持つ人がいたら顔を見て見たいものだ。

明美と先生に同時に恨みを持つ者などという警察の見立ては誤っている。そんなことでは到底私に辿りつくことはできないだろう。そんなことだからいつまでも田舎警察と笑われるのだ。事件はいつか迷宮入りとなるに決まっている。それを楽しみに待つことにしよう。

＊＊＊

ところが、ここにきて伴奏者の春木場さんが乗り出してきた。どうしたというのだ。春木場さんは私と明美との関係をよく知っている。私だったら明美を殺しかねないと思っているだろう。これは困ったことだ。どうにかしなければならない。

しかし、春木場さんが調べようとしているのは赤渕先生の事件だろうと思う。春木場さんは、明美は殺されて当然の女だと思っているはずだから、まさか明美の事件のことを調べようなどとは思っていないだろう。

しかし、赤渕先生とは何回も演奏を行っており、気心も知っている仲で信頼もしあっているはずだ。その赤渕先生が殺されたとなったら、犯人を掴まえようという気になるのもよくわかる。私だってその場になったら同じように考えるだろう。

春木場さんは、あのワンカップ演奏会に出席した者の中で、音楽関係者にはどんな者がいたかを熱心に聞いて回っていると言う。春木場さんも犯人は内部の者と思っているのだろうが、その範囲を広げて考えているのでは無いだろうか？　もしそうだとしたら私だって容疑者の中に入れられてしまうかもしれない。容疑者の一人と思われたら最後、アリバイだとか動機などをしつこく調べられることになるだろう。

たとえ春木場さんだとしても、私は警察に捕まるのは嫌だ。もとはといえばあのイヤラシイ明美を殺しただけのことなのだ。何も責められるようなことをした覚えはない。明美に相応しいステージを用意してやっただけのことだ。むしろ感謝されても良いくらいだと思っている。そんなことで、なんで警察に捕まらなければならないのだ？

春木場さんには悪いが、やはりここは春木場さんにも消えてもらわなければならないだろう。そのためにはどうしようか？　春木場さんは良い人だ。苦しめるような殺し方はしたくない。それに人知れぬ所でひっそりと死んでいくのも気の毒だ。最後は大勢の人に囲まれて、惜しまれながら死んでいってもらいたい。

そうだ、卒業式だ。もうじき卒業式がある。南部音楽大学は毎年、卒業式の後で駅前のホテルで卒業生があつまって盛大な謝恩会を行うことで知られている。その大学の准教授の春木場さんももちろん参加して、大勢の教え子に囲まれて感謝される。

よし、その機会を利用しよう。その場で春木場さんが倒れて、大勢の教え子、その父兄たちに囲まれて、惜しまれ、嘆かれながら死んでいけばいいのだ。春木場さんだって、それほど嫌がる役回りでもないだろう。謝恩会は毎年、盛岡駅前にある一番大きいホテルの大ホールを借り切って行われる。

私は携帯用噴霧器の中に青酸カリの水溶液を入れて会場の中に紛れ込んだ。冬だからマスクをしていても怪しまれることは無い。大きめのマスクをして大きめの派手な眼鏡をかけ、長めのウイッグを着ければ自分だって鏡の顔を自分の顔と思えないほどになる。

謝恩会は学長の挨拶、市長の挨拶、卒業生の感謝の言葉と進行し、その後全教官がステージに並んで卒業生からの拍手を受けた。女性教授が代表して卒業生からのプレゼントを受け取った所で、パーティーに入った。

パーティーは立食形式で、全員が勝手に場所を移動しながら、食べ、語り、飲んだ。私は会場からトイレに行くときに通る、ステージに近い入口の近くで目立たないようにして皿にとった寿司をつまんでいた。参加者は皆、友人や教官との思いで話に夢中なようで、私に注意を向ける人など誰もいない。

春木場さんがトイレにでも行くのだろう、私の脇を通って廊下に出た。廊下を曲がった所にトイレがある。私は春木場さんの後を追ってトイレに行った。春木場さんがトイレに入ったことを確かめて、私は廊下の角で待っていた。春木場さんが出てきたところで、春木場さんの顔めがけてスプレーを掛けた。春木場さんはウッと言って倒れた。念の為、口と鼻めがけて2、3回スプレーした。そのまま知らない顔をして会場に戻って寿司をつまんだ。

やがて、会場の外で、大変だと言う声がした。倒れている春木場さんが見つかったのだ。何事かと大勢の人が廊下に出て行った。会場に残った人もパーティーどころではない。何が起こったのかと廊下からの報告を待っている。やがて、戻ってきた人の口から、トイレの前で春木場先生が亡くなっているとの報告が出た。伴奏者として知られた春木場先生だけに、その急死の報告は衝撃的だったようだ。

女生徒の中には泣き出す者もいたし、改めて廊下に駆け出す者も出たりしてこのフロアだけでなく、ホテル全体が大変な騒ぎになってきた。ほどなく救急車やパトカーのサイレンの音も騒々しくなってきた。出席者の中にはフロントでコートを受け取ってホテルを出る者も出てきた。私もその人たちにまじってホテルを後にした。

翌日のテレビは事件を大きく報じていた。『謝恩会で准教授殺害』という大きな見出しの下で、音楽大学准教授で有名な伴奏者の春木場氏が殺害されたと報じていた。死因は青酸性毒物としか書いてなかった。警察は未だ犯人が青酸性毒物をどうやって扱ったかまでは解明していないようだ。

しかし、そんなことは鑑識で調べればすぐわかることだ。問題は証拠品だ。スプレーは私が持って帰った。食器類はハンカチで包んで使ったから、食器類に私の指紋は残っているはずがない。警察が私に到達できるかどうか。しばらくスリリングな日々が続くようだ。

みなさん、安息香です。警察をあざ笑うかのような身勝手な殺人事件が起きました。亜澄先生はどのようにして犯人を特定するのでしょうか？　それではトリック解明編をお楽しみください。

トリック解明編

「亜澄《あずみ》先生、大変です」

「オッ、安息香《あすか》。久しぶりだな。その『大変です』は。何カ月ぶりかな？　どうした？　どこかで赤い雪でも降ったか？」

二人の会話はいつもこんな調子で始まる。

「先生、冗談言ってる場合ではないですよ。ほんとに大変なんです。大学の先生が殺されたんですよ。卒業式の謝恩会で」

「なんだって？　卒業式の謝恩会で先生が殺されたって？　どういうことだ？」

「大学は岩手県盛岡市にある南部音楽大学なんですけどね。そこで昨日、卒業式の後の謝恩会を駅前のホテルで開いたんだそうですよ。そこで事件が起きたんだそうです」

「そうか。どんな事件なんだ？」

「何でもパーティーの真っ最中に、そこのピアノの先生が会場の前の廊下で倒れていたそうなんです」

「倒れていたってのは、刃物で刺されたとか、何かで叩かれたとかってことか？」

「いえ、そういう暴力沙汰ではなく、青酸性の毒物による中毒死ということです」

「それじゃ、青酸性の毒物を飲んだか飲まされたかってことだな？」

「ニュースではそこまでは言ってませんでした」

「それは変だな。青酸性の毒物っていえば普通は青酸カリなんかだろ？　これは即効性の猛毒だからな。致死量を飲んだらその場で倒れて死んじゃうはずだがな。会場の外へ出てから死ぬなんてのは考えにくいな」

「そうですよね。会場でお酒かなんかの飲み物に入っていていたのなら会場の中で倒れるはずですよね」

「そういうことだよな。それが会場の前の廊下で倒れていたってのは、会場の前で毒物を飲んだってことか？」

「それも考えにくいですね。普通パーティーで会場の外に出るときって、トイレに行くときくらいのものですよね。そんな場合、グラスや取り皿は会場内のテーブルに置いてきますよね」

「普通そうだよな。トイレまでグラスや取り皿を持って行く人はいないな」

「私もそう思いますね」

「いや、待てよ。だけど、青酸性化合物を飲んでからしばらくたってから死んだって事件があったな」

「ありました。ありました。あの有名な事件」

「そうだ、帝銀事件だ。あの昭和23年に東京の帝国銀行っていう地方銀行で起きた事件だ。たしか12人ほどが死んだ事件だ」

「そうでした。東京都の保健所員に扮装した犯人が銀行に来て、近くで赤痢っていう伝染病が流行っているので予防薬を飲ませる、といって行員に毒物を飲ましたんでしたね」

「そうだ、それで16人の銀行員がその薬を飲んだんだ。何人かはその場で倒れたが、何人かは台所へ水を飲みに行って、それから倒れたんだった。解剖の結果、死因は青酸性毒物ということになったんだが、その毒物が特定されなかった事件だったな」

「結局あの時の毒物は何だったんです？」

「今となっては全てが闇の中だけど、研究者の中にはシアンヒドリンではないかって言う人がいるな」

「何です？　そのシアンヒドリンって？」

「青酸カリとある種の有機化合物を反応して作る化合物だよ。飲むと胃の中の胃酸で分解して青酸ガスを出すんだが、この青酸ガスが人の命を奪うんだよ」

「それじゃ、青酸カリを飲んでも分解しなかったら大丈夫ってことですか？」

「理屈はそういうことになるな。これも有名な事件があるな。ロシア革命の前のことだから、話の信憑性には問題があるが、ロシアの皇室に出入りするロシア正教の坊さんにラスプーチンという男がいたんだな」

「聞いたことがあります。怪僧と言われた人ですね」

「そうだ。彼が政治にまで口を出すようになったので、貴族が暗殺を狙って、彼に青酸カリをたっぷり入れた料理を出したってんだよ。ところがラスプーチンは、その料理を旨そうに平らげたけど、何ともなかったっていうんだ」

「そんなことってありえるんですか？」

「あり得るもあり得ないも、事実はそうだってんだよ。で、後の人がそれを解釈して一つの可能性を指摘した。一つは、ラスプーチンは無酸症という病気で、胃酸が出ない状態ではなかったかってんだな」

「そんな病気があるんですか？」

「うん、結構な確率であるらしいよ」

「へー、そうですか。それでもう一つの可能性は？」

「それは化学的な理由だよ。青酸カリは空気中の二酸化炭素と反応して徐々に炭酸カリウムに変化するんだ。それで、貴族の使った青酸カリは古くなったやつで、全部炭酸カリウムに変化してしまったんでないかってんだな」

「なるほど。炭酸カリウムだったら、お掃除に使う炭酸ナトリウムと同じようなもんだから、飲んだって命を無くすってところまではいきませんね」

「そういうことだ。それでシアンヒドリンなんだが、酸で分解して青酸ガスを出すっていう反応は青酸カリの場合と同じなんだが、シアンヒドリンは有機物なんで、無機物の青酸カリに比べて反応がゆっくり進むんだな。それで、被害者は飲んでから暫く経ってから死ぬという特徴があるんだよ」

「それじゃ、今回もそのシアンヒドリンですか？」

「いや、そうじゃないだろうな。シアンヒドリンなんてそんなに使う化合物ではないから、一般の人が手に入れるのは不可能だ。研究で必要な時があっても研究者が自分で作ることが多いな」

「じゃ、大学の実験室から盗み出したって可能性は？」

「それも可能性ゼロだな。どこの大学のどこの研究室でどんな研究をしているかなんてことは誰にもわからない。だからどこにいったらシアンヒドリンがあるなんてことはわかるはずがない。俺はちょっと特殊な実験をしたことがあって、その時シアンヒドリンを作ったことがあったが、既に全部使い切ってしまったから、いま、この実験室を隅から隅まで探してもシアンヒドリンなんて出てくるはずが無いな」

「じゃ、その先生はなんでパーティー会場の外の廊下で倒れてたんでしょうね？　誰でも使えるような遅効性の青酸化合物なんてものがあるんでしょうか？」

「そうだな。不思議な事件だな。水銀《みずがね》に聞いてみるか」


亜澄は刑事の水銀に電話した。水銀は亜澄の高校時代の親友であり、大学卒業後警視庁の刑事をしている。

「水銀、元気か?」

「おお、亜澄か、元気だ。どうした? また何か事件か?」

「ああ、そうだ。今朝、安息香が持ち込んだんだがな。岩手の大学で先生が殺されたってんでないか?」

「ああ、あの事件な。実はな、俺も10日ほど前から盛岡に出張してたんだ。いろいろの警察の捜査方法を研修するっていう目的なんだけどな。それでちょうど昨日、その現場に臨場してきたんだ」

「そうか、それは、偶然にしてはでき過ぎてるな。で、どうだった? 現場は?」

「ああ、大変だったよ。なんせ音楽大学の卒業式の謝恩会だから、振袖姿のお嬢さんでごった返していてな。そこに警官、刑事、鑑識、救急隊員が大勢でドヤドヤっと駆け込んでな、滅多にない、大変な騒ぎだった。おかげで現場保存はもちろん、証拠品だってゴッチャゴチャの状態だ。これはこれからの捜査が大変だな」

「そうか、で、事件はどんな様子なんだ?」

「被害者は奏楽部ピアノ科の准教授の舂木場、51歳の男性だ。大学で教えているほか、ピアノの伴奏者としてかなり知られた人だということだ。福島から青森、北海道辺りまで、東北を中心に活躍しているって話だな」

「そうか、で現場はどうなんだ?」

「パーティー会場は盛岡駅前にあるホテル2階の大ホール。1000人くらいは入るな。そこに卒業生500人、先生100人、それに父兄などが加わって7、800人の大パーティーだったようだ。形式は立食。事件は関係者の挨拶が終わって、会食に入ってから30分ほど経った頃起こったんだな」

「そうか、パーティーが一番盛り上がった頃だな」

「そういうことだ。トイレに行こうと会場を出た人が、会場の前の廊下を通って曲がったら、目の前に倒れている人を見つけたってわけだ。起こそうとしたら死んでたんで大声を出して大騒ぎになったってことだ」

「そうか、その人が見つけた時には既に死んでたんだな？」

「それは、素人が見たんだから、死んでたかどうかはハッキリしない。しかし、発見から10分ほどして救急車が駆けつけた時には既に心肺停止状態だったって話だ」

「そうか、それで死因はなんだ？」

「解剖の所見では青酸化合物による中毒死だ」

「それについては今、安息香とも話してたんだがな。チョットおかしくないか？」

「うん、お前の言うことはわかる。我々警察もおかしいと思った。青酸化合物は即効性だ。即効性の毒物を飲んだ男が何でトイレまで歩いて行って死んだんだってことだろ？」

「そのとおりだ。カプセル入りの毒か？」

「その可能性もある。しかし犯人はもっと違う方法を用いたんだな」

「なんだ？　違う方法って？」

「青酸カリか何かの水溶液を被害者の顔にスプレーしたんだよ」

「そうか、スプレーか。その手があるな」

「ああ、鑑識が見つけた。被害者の顔が赤くなって炎症を起こしてるようだったんだな。そこで皮膚を調べたら青酸カリが検出されたってわけだ。青酸カリは刺激性が強いと言うからな。で、被害者の口の中も赤くなってたことから、犯人は被害者が倒れてから、被害者の口を開けさせて口の中にもスプレーしたものと思われる」

「そうか、相当強い殺意があったってことだな」

「ああ、そうだ。怨恨による事件なら、よほど強い怨恨ってことになるな」

「で、どうだ、犯人は？　見当はついてるか？」

「いや、まだだな。なんせ何にも手がかりが無い。だが、知ってるだろうが、岩手県ではこの半年ほどの間に既に音楽家が二人死んでるからな」

「エッ？　二人もか？　じゃ、今度の事件を入れると3人か？」

　亜澄が驚いて聞き返すと脇にいた安息香が口を挟んだ。

「先生。その件で私の友人が相談に来てるんですよ」

「あれ、安息香さんそこにいたの？　相変わらず事件を追ってるそうだね。頼もしいな」

「いや、そんなんじゃないんですよ。ただ、今回の岩手の音楽家殺人事件では、私の友人が音楽家の卵なもんですからね、心配して相談に来てるんですよ」

「そうか、それは大したもんだ。そのうち亜澄より有名になるかもしれないね。美人探偵博士なんてね」

「水銀さん。からかわないでくださいよ」

「水銀、そのうちこの美人探偵博士さんとやらを警視庁に送り届けるから、受け取ってくれよ」

　亜澄もからかってきた。

「ああ、いつでも引き受ける。じゃな、亜澄。その相談者から何か情報が入ったら教えてくれ」

「よし、そうする」


　亜澄は安息香に言った。

「知らなかったな。岩手で音楽家が3人も続けて亡くなっていたなんて」

「そうなんですよ。私の友人に宮城県の出身で南部音楽大学を出て、現在岩手オーケストラでバイオリンを弾いてる人がいるんですけど、彼女に聞いてみたんですよ。そしたら彼女も心配していて、明日にでも仙台に行くから話を聞いて欲しいと言うんですよ」

「そうか、安息香のお友達には音楽家もいるのか。ほんとに呆れるほど広い網を持っているな。まるで北洋遠洋漁業のトロール船みたいだな」

「トロール船だなんて、変なものに例えないでくださいよ。それじゃとにかく友達には明日研究室に来てもらいますからね。先生も会ってくださいよ」

「よし、楽しみにしているぞ」


翌日10時半頃、安息香の友人が亜澄の実験室に来た。

「先生、お友達の帯刀弓弦さんです。今日は仙台で午後、オーケストラのリハーサルがあるというので、ついでにここに来てもらいました」

「お邪魔します。帯刀弓弦と申します。よろしくお願いします」

「亜澄錬太郎と言います。よろしくお願いします。お忙しいところ、ありがとうございます」

「とんでもありません。私の方こそ、ここのところずっと心配だったもので、安息香さんに相談したんです。そしたら亜澄先生という凄い方がいるので、相談したら良いと言っていただきましたのでお伺いしました。おじゃまではなかったでしょうか?」

「いえ。とんでもありませんよ。ところで、事件ってのはどうなんですか?」

「はい、最初の事件は去年の夏頃に起きました。バイオリニストの小岩井明美さんのステージでした。プログラムはバイオリンソナタとバイオリンコンチェルトでした。ソナタの伴奏は先日亡くなった春木場先生でした。事件はソナタの途中で起こりました。演奏の終わり頃でした。静かな曲想を弾いている最中に、突然、明美さんの腕が天井に向かって突き出されたと思ったら、明美さんが倒れたんです。声も立てなかったように思います」

「そうですか、弓弦さんもそこにいらしたんですか?」

「はい。コンチェルトのオーケストラパートが岩手オーケストラでしたので、私もバイオリンパートの一員としてその時、楽屋に控えていました」

「そうですか。では事件の被害者のお一人みたいなものですね」

「私どもにとってはプログラムが流れただけですが、明美さんにとっては大変な事でした。なにしろ、演奏の途中で急に倒れてそのまま亡くなったんですから。悲鳴は上がるは、逃げ出す人がいるはでホール中がパニック状態になりました」

「演奏中に倒れたんですか。で、原因は何だったんですか?」

「ニュースでは青酸性化合物の中毒ということでした」

「そうですか。でも青酸化合物による事故にしては変なところがあるけど、それは友人の刑事に聞いてみましょう。それで明美さんという人はどういう人だったんですか? なにか人に恨まれるようなことはないんですか?」

「こんなことを言ってはいけないのかもしれませんが、あまり評判の良い方ではなかったと思います。ソロの演奏者を目指す方ですから、上昇意識が高いのは結構なのでしょうが、競争相手をけなし過ぎると言う方はいらっしゃるようでした」

「そうですか。すると明美さんの競争相手になるような方の中には不愉快な思いをなさった方もおられたわけですね」

「ええ、多分いられただろうと思います」

「そうですか、大変参考になります。ありがとうございます。で、次の事件はどのような事件だったんですか？」

「明美さんの事件から3カ月ほど経った去年の暮でした。明美さんのバイオリンの先生で赤渕良子先生という方なのですが、この方がワンカップ演奏会という、休憩時間にワインやお酒を出すという趣向のソロコンサートを開いたんです。そこの幕間にお客さんの間を挨拶しながら歩いていた赤渕先生が突然倒れて亡くなったんです」

「また突然倒れたんですか？　今度の毒物は何だったんですか？」

「私は存じません。しかし赤渕先生は、どなたにも親切な方であり、あの方を悪く思う人がいるとは思えません。殺されるほどの恨みを買うような方では絶対にありません」

「そうですか。すると赤渕さんの事件は恨みなどによるものではないという可能性が高くなりますね。それでは殺された原因は何かということが問題になりますね。そして3番目がこの前の春木場先生の事件ですね」

「ええ、そうなります。春木場先生は立派な伴奏家でいらっしゃって、中央の演奏会にもよく出られる方です。みなさん、春木場先生に伴奏して頂くことを望んでらっしゃいます。それくらい、相手の気持ちを汲んで、それに寄り添うような伴奏をして下さる方です。明美さんや赤渕先生の伴奏だって時々なさっていたくらいです」

「そうか、あの事件のときもそうでしたね」

「ええ、そうです。あの時は渋る春木場先生を明美さんの先生である赤渕先生が拝み倒して伴奏してもらったって言われています。それがあんなことになって、本当に大変でした」

「そうでしたね。そうすると、春木場さんも人に恨まれるような方ではなかったということになりますね」

「はい、私にはそのようにしか思えません。私が心配なのは、この後も同じような事件が続くのでは無いかということです。友人は皆、そのことを心配しています。これでは音楽はできないと言う者だっています。亜澄先生、どうか、一日も早く犯人を逮捕して、皆が音楽を心から楽しめる時が戻るようにしてください。お願いします」

「わかりました。できるだけの努力はやってみます。今日はどうもありがとうございました」


弓弦が帰ってから、亜澄は安息香に言った。

「音楽家が3人連続して殺されたってことだな」

「そうですね。バイオリン、バイオリン、ピアノの順ですね」

「そうだな。で、弓弦さんの話によると、問題があるのは最初に殺された明美だけで、後の二人は人から恨みを買うような人では無いってことだ」

「ということは、殺人の動機は明美の場合は恨みで、その後の二人は恨み以外の理由ということになりますよね」

「オ、安息香、今日は冴えているな。それだな。動機が2つあるってことだ。これは水銀に言っといた方がいいな」

亜澄は早速、水銀に電話した。

「おお、水銀か。今、お客さんが帰った所だ。面白い話を聞いたぞ。事件は3件だな。最初の被害者はソロバイオリニストの明美、次が明美の先生でもあるバイオリニストの赤渕、そして最後が伴奏者の春木場だ。で、今のお客さん、安息香の友人で弓弦さんが言うには、どうも明美は性格的に恨まれる可能性があるそうだ。それに対して他の二人にはそのようなことは考えられないってことだ」

「そうか、すると明美は恨みを買って殺されたかもしれないが、他の二人にはそのようなことは考えられないってことだな」

「そういうことだ。明美は演奏中に青酸化合物で亡くなったそうだが、普通そんな死に方は無いんでないか?」

「そのとおりだ。明美の場合にはステージに上る前にビタミン剤を飲む習慣があったんだ。それで犯人が明美のハンドバッグの中のピルケースを交換して、青酸カリ入りのカプセルを入れたピルケースを入れといたんだな」

「それで演奏中にカプセルが溶けて青酸カリが胃の中に溶け出たってことだな」

「そういうことだ。2件目も青酸カリだ。犯人が演奏者の赤渕のグラスに入れたんだな。そして3件目は青酸カリのスプレーだ」

「そうか、毒物はみんな青酸カリだな。オイ、水銀、これは意外と単純な事件でないのか？　多分、犯人は一人だぞ。一人の犯人による連続殺人事件でないのかな？」

「なに、一人が3件の連続殺人を起こしたってのか？　これは、大変な事件だぞ。もし本当なら、盛岡県警始まって以来の大事件ってことになるぞ。それで誰だ？　犯人は？」

「あわてるな。犯人探しはこれからだ。しかし、ここまでの話である程度は絞り込めるな。まず、犯人は音楽関係者だ。これはまず間違いないな。そして明美に恨みを持つ可能性がある者ってことになるとやはりバイオリニストだな。しかも、明美と競うとなると女性の方が可能性が高いな。そして、犯人は赤渕のワンカップ演奏会にも、卒業式の謝恩会にも主席していた可能性が高い。どうだ？　女性バイオリニスト、赤渕の演奏会に出席、謝恩会に出席。この三条件で誰かに絞り込めないか？」

「わかった。簡単なことだ。演奏会と謝恩会の写真を集めて片っ端から当たって見る。待ってろ、近いうちに結果を知らせる」

それから1週間ほど経った頃、水銀から連絡が入った。

「亜澄、それらしいのが何人か浮かんだぞ」

「そうか、どんな人だ?」

「それが、盛岡のような地方都市では音楽家の世界は狭いからな。演奏会があると、互助会のような関係で、音楽家はみんな助け合い精神で参加するんだよ。だから、どの会にも同じ顔が写ってるんだな」

「そうか。一人に絞り込むのは大変か。だけどな、これから人を殺そうと思ってる者がいたとしたら、そいつは、友人と話し合ったり、笑い合ったりはできないんでないか?」

「それはそうだな。緊張して一人で立っているだろうな。わかった、写真の中からそんな奴を探し出して見せる。待ってろよ、おれがトッ掴まえてやる」


それから三日ほど経った頃、水銀から電話が入った。

「おお、亜澄、見つかったぞ。お前の言うとおりだった。条件に合いそうな女性バイオリニストが見つかったぞ。ソロバイオリニストを目指してるんだ。腕は良いんだが協調性に欠けるって評判でな、腕の割にはお呼びがかからないようなんだな」

「そうか、どの世界にもいるんだよな、そう言う人が。で、そいつが明美を恨んで殺したってわけか? 後の二人を殺した理由は? 殺人がばれるのを恐れてか?」

「オイオイ亜澄、それほど簡単ではないぞ。その女性な、雫石って言うんだけど、がんとして認めない。証拠を見せろってんだな。証拠って言われてもグラス類は砕け散ってるし、指紋は無いしで困ってるんだが、何か良い手は無いか?」

「なんだそんなことか?　犯人は致命的なミスを犯したんだがな」

「なんだ?　その致命的なミスってのは?」

「スプレーだよ。本人は良いアイデアだと思ったんだろうが、スプレーはダメだ」

「ダメってのはなんでだ?」

「スプレーの液体は周囲に飛び散るだろ。必ず犯人にも掛かってるんだ。だから、家宅捜索して彼女の衣類を調べろ。謝恩会に着ていったドレスを調べれば青酸カリの痕跡が必ず出てくる。あるいはもう炭酸カリウムになっているかもしれないが、それでも構わない。そして、その試料と明美、赤渕の血液をスプリングエイトで調べてもらうんだな」

「なんだ、そのスプリングエイトってのは?」

「兵庫県にある国の大型放射光施設でな、世界一の性能を持ってるんだ。これで調べると、その中に入っている全ての元素、原子の種類、濃度がわかる。例えば、一口に青酸カリっていっても、どこの工場で、いつ、何の原料を使って作ったかによって混じっている不純物の種類は濃度が微妙に違うものなんだ。それをスプリングエイトで調べると、明美、赤渕、春木場に使った青酸カリが同一の者かどうかがわかる仕組みなんだ。1998年に起こった和歌山ヒ素カレー事件で有名になった施設だよ」

「そうか、そんな凄いものがあったのか。よし、早速調べてやる。今度こそ自白させてやるぞ」

「おお、頑張れ！」


　二週間ほど経った頃、水銀から電話が来た。

「おお、決まった。完璧だよ。お前には礼を言うぞ。ドレスから青酸カリが検出され、それをスプリングエイトに持って行って調べてもらったら、三人の被害者のものが一致した」

「そうか。それは良かったな。結局犯人が殺したくて殺したのは最初の明美だけってことか？」

「その通りだ。赤渕と春木場の二人こそいいとばっちりだ」

「そうだな。人間、どんな世界で生きようと最後は人柄だな」

「どうした？　亜澄。妙に悟ったような事を言って。大丈夫か？」

「バカ、大丈夫に決まってるだろ。それより今度飲みに行こう。牛タンの旨い店を見つけて置いたぞ」

「それはいいな。安息香さんも一緒だろうな」

「当たり前だろ。お前に首を絞められるのは嫌だからな」

化学解説編

【鉄】

岩手県の特産品といわれる物に南部鉄器があります。これは鉄で作った生活雑器で、鍋、鉄瓶、茶釜、すき焼き鍋、風鈴などがよく知られています。重くて分厚いその形は重厚ですが、熱すると冷めにくい、食品に鉄が溶け出すので貧血の予防になるなど長所もありますが、何といっても重くて錆びやすいなどの欠点もあります。

鉄が発見されたのは紀元前10世紀頃の中央アジアのスキタイと言われています。それ以降、現代までを世界史では鉄器時代として区分しています。

◉南部鉄器

鉄の機械的性質

鉄は銀白色で比重7・87、融点1535℃の金属です。鉄は錆びやすく錆びると表面が黒くなるので昔は黒金《くろがね》と呼ばれました。鉄は硬いというイメージがありますが、宝石などと比べると決して硬いわけではありません。

　ダイヤモンドの硬度を最大の10とするモース硬度でいうと鉄は5～6程度に過ぎません。その代わり、宝石には無い展性、延性を持ち、延ばして針金にすることや叩いて薄板にすることができます。

　鉄は引張強度には強いのですが、圧縮強度は弱いです。コンクリートは反対に引張強度は弱く、圧縮強度は強いです。この両者の良い所を引き出したのが鉄筋コンクリートであり、引張にも圧縮にも強く、現代建築にかかせないものとなっています。

鉄の化学的性質

　鉄は錆びやすい金属です。空気中に放置すると酸素と反応して錆びになります。鉄の錆びには赤錆と黒錆があります。赤錆の成分は酸化鉄（Ⅲ）Fe_2O_3で、組織が粗雑で脆いため、錆びはさらに進行して、や

◉硬度

⑩ダイヤモンド
⑨コランダム
⑧黄玉
⑦水晶・鋼鉄のやすり
⑥鋼・正長石・花崗岩
⑤鉄・リン灰石
④鉄・蛍石
③青銅・方解石・石灰岩
②石膏
①滑石

がて鉄は崩壊してしまいます。一方黒錆の主成分はFe_3O_4で、Fe_2O_3とFeOの混合物です。黒錆の組織は緻密で酸素の侵入を防ぎ、錆の増殖を止める働きがあります。つまり不動態として働きます。黒錆を作るには鉄を高温に熱すると良い事が知られています。

鉄は酸素運搬タンパク質であるヘモグロビンの中心元素です。そのため、鉄が不足すると貧血になります。鉄鍋などで調理すると料理の中に鉄が溶けだし、貧血の予防になると言います。

鉄の種類

鉄と人類の付き合いは3000年に及びます。その間に人類は鉄の全てを知りつくし、用途に応じて様々な鉄を作り出しました。

❶ 銑鉄《せんてつ》・鋳鉄《ちゅうてつ》

鉄鉱石は酸化鉄の塊です。これから純粋の鉄を作るためには酸化鉄を還元して酸素を除かなければなりません。その還元剤として使うのが、昔は木炭、現在では石炭を乾留して作ったコークスなどの炭素Cです。そのため、できた鉄は2～6％の炭素を含みます。一般に炭素が多いと鉄は硬くなり

◉酸化鉄と炭素の反応

$$2FeO + C \longrightarrow 2Fe + CO_2$$

ますが、同時に脆くなります。つまり硬くて折れやすいのです。そのため、刃物に用いると直ぐに刃こぼれしてしまいます。南部鉄器などの鉄器類は主に鋳鉄で作ります。

❷鋼・鉄鋼

炭素含有量を2％以下にした鉄を鋼《はがね》と言います。丈夫で柔軟な鉄です。炭素の含有量によってさらに軟鋼、半硬鋼、硬鋼、最硬鋼などに分けることもあります。日本刀や包丁など、鋭利な刃物は鋼で作ります。日本刀は柔軟な軟鋼を芯にしてそれを硬い硬鋼で包むことによって、折れにくくてよく斬れるという相反する性質を兼ね備えたといわれます。

❸ステンレス鋼

鉄にクロムCr、ニッケルNiを混ぜた物です。クロムとニッケルが錆びると不動態を作って、それ以上錆びるのを防いでくれます。ステンレスは機械的強度も高く、汎用鋼としては現在最も優れた鉄鋼ということができるでしょう。原子炉の圧力容器の素材もステンレス鋼です。一般的な18-8ステンレスは18％のクロムと8％のニッケルを含んでいることを指します。

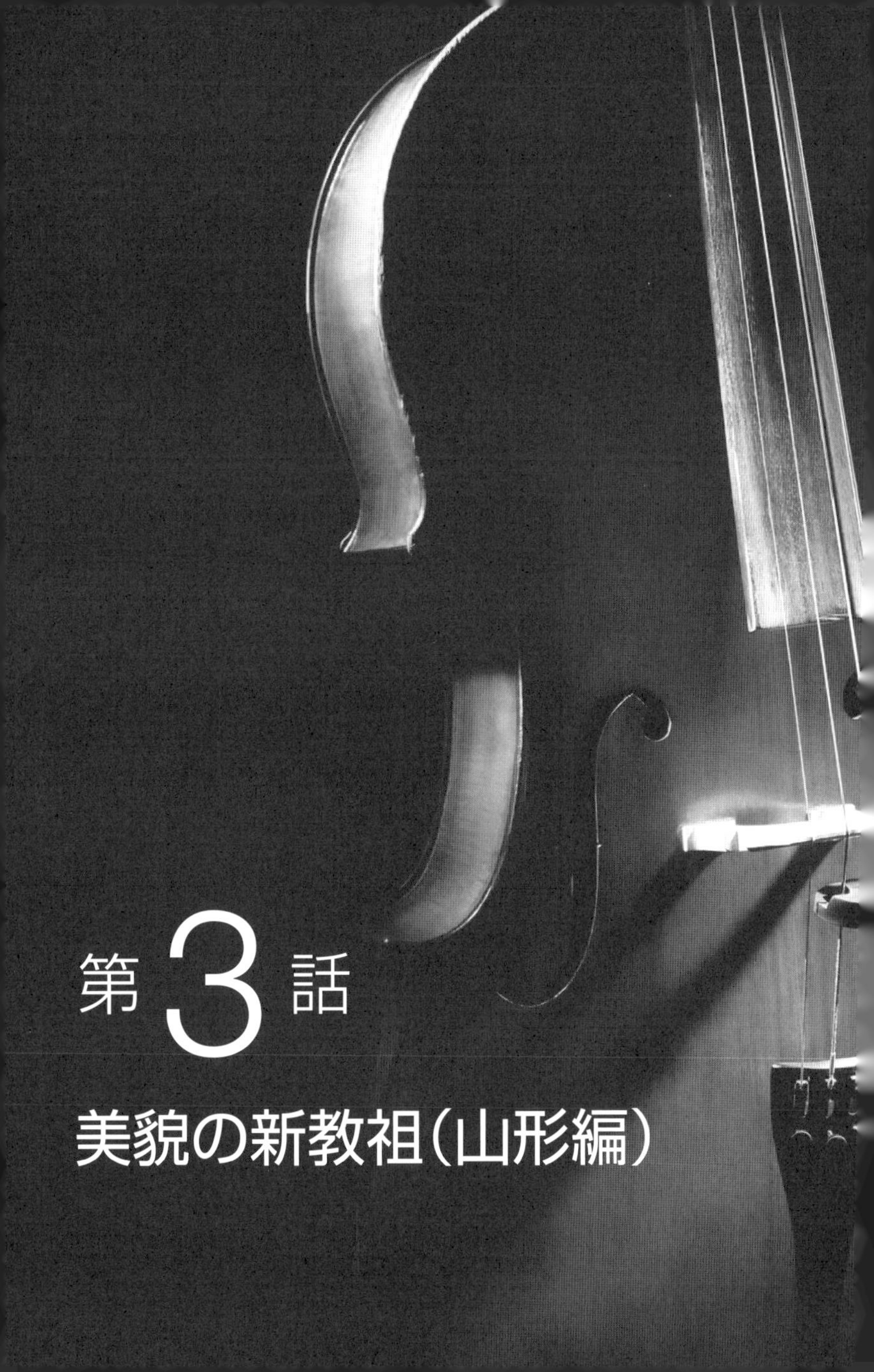

第3話 美貌の新教祖（山形編）

～第3話　美貌の新教祖（山形編）～

山形県は、その名前の通り、県の全面積の85％を山地が占める。特に羽黒山、月山、湯殿山は出羽三山と呼ばれ、信仰の対象となっている。宮城県との県境にある蔵王はスキーで名高い。スキー場としては山形蔵王の方がよく知られているが、これをもって山形は宣伝が上手とする説もある。

山形県は、戦国時代には大宝寺氏、伊達氏、最上氏が割拠したが、江戸時代には庄内藩、米沢藩などが分割統治した。米沢藩は名家、上杉氏が統治し、特に上杉鷹山《うえすぎようざん》は経済に優れた名君として名高い。

山形を代表する産物は米沢牛とサクランボの佐藤錦、洋ナシのラ・フランスであろう。しかし、これらはここ数十年の間に有名になったものである。山形にはこのほかに古来有名な紅花《べにばな》がある。

紅花の歴史は平安時代にさかのぼる。紅花は女性だけでなく、宮廷人の頬と唇を赤く染め、十二単を彩った。山形の紅花は、いにしえの昔から日本の歴史を彩ってきたのだ。紅花が咲くのは初夏である。紅花は赤くない、黄色である。紅花はガクを残し、菊の花のように細い花びらの部分だけを摘む。摘んだ紅花は筵《むしろ》の上に広げて水をかけ、放置される。

この操作によって紅花は発酵し、紅花の赤い色素カルタミンが生成される。この紅花を臼にいれ、軽く搗いた後、手で丸めて牡丹餅状にしたものを紅花餅という。古来、商取引の対象になったのはこの紅花餅である。紅花餅を水に入れて抽出するとカルタミンが得られる。

各種の合成染料、合成顔料が開発された現在でも、玉虫色に輝く紅花の紅は花嫁や舞妓さんの唇を彩り、振袖や内掛けを染めている。近年、紅花はその色彩ばかりでなく、健康作用も注目を集めている。

紅花には、血圧低下、抗ガン性があるという。山形に行くと紅花を乾燥したものが手に入る。たまに、お茶の代わりに飲んでみるのは、体のためにも心のためにも良いのではなかろうか。

◉紅花

＊＊＊

山形市内に本拠を持つ新興宗教に大蔵王神教というものがある。80年ほど前に大前田篤宗という初代の教祖が起こした宗教であり、信者の数は教団によれば日本で75万人、全世界では200万人に上るという大宗教集団である。

教団には全世界の信者がお布施を寄せる一方、教団の教祖が書いた本、教団の動向を紹介した月1回発行の学会便りとそこに載せる広告などから得る収入、ご本尊の彫刻、各種お札、鐘等の宗教用具、信者が着る帷子、袈裟等の装身具から得る収入などが、年2000億ほどに上ると言われるが、詳しいことは誰も知らない。

本社の敷地は、山形市内の東部に広がる山林地帯を開墾したもので約1万坪の広大なものである。その中にご本尊の大蔵王神の巨大な一木つくりのお像をまつる本殿、その前にある拝殿、東搭、西搭の2つの壮麗な五重の搭、歴代の教祖の書いた教えを奉納した経蔵《きょうぞう》、巨大な梵鐘《ぼんしょう》を下げた鐘楼《しょうろう》の他、教祖たちの住まいである庫裏殿、信者の鍛錬する場である金剛殿、宿泊のための宿殿、そのための調理の建物などが並び建っている。

どの建物も重厚な瓦葺に、朱塗り、窓枠には青丹を塗った木造建築ばかりであり、奈良、平安時代を思わせる壮麗にして豪華、華麗な建築群である。教団は無税なのでこのような壮大な建物群を建築維持できるのだと街の者は言っている。

教祖は80歳を越えた2代目の大教祖大前田篤俊と、50歳代の3代目の若教祖大前田篤則の二人がいる。篤則は大教祖篤俊の息子であるが、今では年老いた大教祖に代わって教団を完全に支配していた。

教団には教団事務部があり、そこには執事長を中心に20人ほどの事務職員がおり、その他に敷地内の庭仕事、建物の修繕などを行う職人が5人、教祖や宿泊者の面倒を見る女中が5人、料理を作る職人が5人いる。教団内部には常に50人以上の信者が修練ということで宿泊している。ただし、このような信者が宿泊するのは長くて3泊4日程度である。その他に外国にいる信者が観光旅行を兼ねて泊まりに来る。教団はこのような信者をも快く迎えて、何かと便宜を図ってやった。それを聞いた現地の人々が、教団に入団するというケースもあり、教団にはいろいろの階級の信者がいた。

若教祖篤則が薬殺された。犯人は信者の漆山よし乃だった。

よし乃は保育園に入って間もない未だ小さい頃、熱心な教団信者である母親の美佐子に連れられて教団に来た。よし乃の父親は料理旅館に働く腕の良い板前だったが、賭け事と女遊びが激しくて母親と喧嘩ばかりしていた。

そのうち、そんな連れ合いから逃れるために教団に入った母親は教団にのめり込んで連れ合いを満足に相手にしなくなった。ある夜、二人は激しい喧嘩をした挙句、父親は家を飛び出したきり、二度と戻ってくることは無かった。それ以来、よし乃と母親は母子家庭を切り盛りしてきた。

可愛くて利発なよし乃は、当時一人で教祖を務めていた2代目教祖篤俊の前に出た時から篤俊のお気に入りになった。事あるごとに教団の用だと言って篤俊に連れ出され、二十歳になるころには教団の細部まで知るようになっていた。

そんなよし乃を誇らしげに見守ってくれた母親もよし乃が高校を出ると間もなく、病気をこじらしてあっという間に亡くなった。以来、よし乃は教団の一員として庫裏殿に一室を借りて生活していた。

教団の皆はよし乃をよし乃様と様付けで呼び、別格扱いにしていた。年をとった信者の中にはよし乃を大蔵王神の生まれ変わりと思って拝む者までいた。よし乃は誰にも分け隔てせず、平等にやさしく接した。よし乃の教団内での評判は高くなるばかりであった。

篤俊が大教祖として引退し、代わって若教祖という名前で実質的な教祖になった篤則もよし乃を重用した。しかし、そのうち篤則はよし乃を教団の重鎮として重用するだけでなく、体も要求するようになった。

やがてよし乃は粘着質の篤則が鬱陶しくなった。しかし、よし乃が離れようとすると、罰が当たるの、不幸になるの、信者をけしかけて殺してやるなどとバカバカしいことを喚き散らすようになった。きっと長年の酒の飲み過ぎがたたってアルコール中毒にでもなったのであろう。我慢できなくなったよし乃は篤則を薬殺した。

篤則は酒が好きだった。般若湯とか言って、事あるごとに日本酒を飲み、何があろうと寝る前の1時間ほどはテレビを見ながら酒を飲んでいた。そんな時、よし乃は必ず付き合わされてお酌をさせられた。いい加減にしてくれと言いたくなっていた。

よし乃は教団の庭に自生しているドクニンジンの枝から樹液を絞り、篤則の徳利に入れた。酔いのまわった篤則はドクニンジン特有の匂いにも気づかず、それを空にして寝た。篤則の使った酒器や飲みかけの酒はよし乃が丹念に洗って片づけた。

翌朝、朝の祈祷に出てこない篤則を変だと思い、女中役の信者が寝室に見に行くと篤則は寝たままだった。若教祖様と言って近づいて初めて篤則が死んでいることがわかった。

女中の悲鳴で皆が駆けつけ、若教祖の死を確かめた後、救急車を呼んだ。病院で死亡が確認され、病名は心不全とされた。実際のところ、外傷はないので事故死や他殺とは考えにくく、病死にしても医者にも病名は思いつかなかった。

このような場合は心不全としておくのが無難である。まして教団の教祖を解剖に回すなどと言ったら教団が大騒ぎするだろう。さわらぬ神に祟り無しである。何でもいいから病死にして病院からお引き取り願った方が病院のためでもある。

現役真っ盛りの教祖の降って湧いたような突然の葬儀である。教団は思いっきり豪華で派手な葬儀を演出し、大蔵王神教の存在を世に示した。教団は葬儀参列者3万人と大見得を切った。全世界から集まった香典は50億円を超えた。教団は思いがけない臨時収入を得た形になった。


教団の中心になる教祖を失った教団員は新しい教祖を欲しがった。大教祖を復活させる手もあったが、90歳になろうという大教祖にはその体力も意力も無くなっていた。

教団員の間には大教祖、若教祖の近くに長く使え、教団内部のことにも詳しく、その上、教団員にも親しまれ、尊敬されているよし乃を新教祖にしようという声が上がった。

教祖篤則がいなくなった現在、教団を実質的に切り盛りしているのは教団執事長の天童賢介である。信者は天童によし乃を新教祖にするよう願い出た。しかし天童はよし乃ではなく、死んだ若教祖篤則の長男に当たる篤忠を新教祖に立てるのが筋だと主張した。

篤忠は30歳ほどであり、一般大学の法学部を卒業したあと、現在は東京で銀行に勤めている。目下のところ本人に宗家をついで教祖になろうという気持ちは薄いようであり、教祖も息子に宗家を継がせようという積極的な気持ちは無かったようである。

時の流れで、本人が宗家を継ぐ気になったらそうすればよいだろうし、その気にならないのであれば、適当な信者を教祖に祭りあげれば良いというような気持ちでいたようである。とにかく現教祖が健在なのであるから、その頃はそんなことを真剣に考える必要など無かったのである。

教団はよし乃を推すグループと、天童に従って篤忠を推すグループの二派に分かれて争いが起きかねない状況になった。よし乃は自分から教祖になるなどとは、おくびにも出さず、ひたすら大人しく、優しくして周囲の信者を操り、自分を推す声が高くなるように仕向けた。その甲斐あって、よし乃を新教祖に推す声は日ごとに高まっていった。

一方、葬儀の総代は務めたが、その後、教祖になるための積極的な行動に出ようとしない篤忠の態度に、篤忠を推すグループは梯子を外されたような状態になった。

天童がよし乃ではなく、篤忠を執拗に新教祖に推すのには理由があった。それは、天童はよし乃が教団の庭に生えているドクニンジンの枝を切っている所を目撃していたからである。天童はドクニンジンの効果の現われ方を知っていた。それはゆっくりと効く。その間、意識はしっかりしている。痛みや苦しみは無い。

これは若教祖が亡くなったときの状況にそっくりである。よし乃はあの時切ったドクニンジンのしぼり汁を若教祖に飲ませたのに違いない。このような毒女を教祖になどしたら教団の破滅だと考えていた。天童は自分の何かの野心のために篤忠を推したのではなく、天童なりに真剣に教団の事を考えていたのである。

篤忠に宗家を継ぐ積極的な気持ちが見えず、信者の篤忠を推す気持ちにも陰りが出て、天童の形勢は悪くなってきた。天童に着く信者の中には策を考える者もいた。それはよし乃を推すグループには、篤忠が教祖になった暁にはよし乃を嫁に迎えると約束して、篤忠の新教祖就任を納得させるというものである。この案には天童のグループの多くが賛成した。

しかし、天童だけはがんとして反対した。それはよし乃が若教祖を殺したと信じていたからである。何としてもよし乃だけは教団から排斥しなければならない。それが天童の教団に対する忠誠心だった。しかし、あまりに頑なな天童の態度に反発する者も出てきた。

天童は最後の策と思って強硬手段に出た。つまりよし乃に直談判したのである。

「貴女は、教祖を辞退すべきです。教祖になってはいけません。貴女は教祖に相応しい方ではありません。私は貴方が亡き若教祖様になさったことをよく知っています。このままでは私はこのことを警察に訴えますよ」

「私が亡き教祖様に何をしたと仰るのでしょうか？　おかしなことを仰ると信者の方々が黙っておられないと思いますよ」

「私が知らないとでも思ってらっしゃるのですか？　あの日、私は貴女が庭のドクニンジンの枝を切っているのを見たんですよ。その汁を教祖様に飲ませたでしょう。教祖様の亡くなり方はドクニンジンの毒によるものであることが明らかです」

「そうですか。そこまで仰るなら証拠を示して下さるでしょうね。証拠も無くてそのようなことを仰るのなら、それこそ警察に名誉棄損で訴えることになりますよ」

そう言ってよし乃は一歩も引かない構えを見せた。しかしこうなっては、よし乃も後に引くわけにはいかなくなった。天童の言うことを聞いて退いたら、篤忠が教祖になった後、どのような仕打ちが待っているかしれたものではない。

もしかしたら教団に疎む悪魔だとか言われて、皆に寄ってたかってなぶり殺しにされるかもしれない。今の教団の内情だったらそうならないとも限らない。跡目争いで殺気立っている所に、新たに決まった教祖が元の対抗者の自分を悪しざまに言いでもしたら、信者は何をし出すかわかったものではない。

しかも教団の中で何が起ころうと、全ては神の思し召しとして、教団の外に漏れることはない。ましてや警察に届け等行くはずもない。

よし乃に取っては新教祖になって教団を乗っ取るか、退いて屈辱の中に惨めに死ぬかの二者択一しか無かった。

よし乃は一世一代の大芝居を打つことにした。よし乃は教団事務には内緒で、自分に従う信者を本殿に集めた。そこでよし乃は教祖の衣装を着て厳かな雰囲気を漂わして信者の前に現われた。このよし乃を見た信者は、まさしく大蔵王神の生まれ変わりが現われたといって声を上げて拝み始めた、中には涙をこぼす者もいた。

そこでよし乃は厳かに伝えた。

「我こそは大蔵王神様のみ使いである。大蔵王神様には、この教団の執事長には悪魔が取り憑いていると思し召しであるぞ。悪魔を追い払うためには、大教祖と若教祖の二人が愛でた教団の花壇の花を全て食べさせよとの思し召しであるぞよ」

よし乃の言葉を信じた信者はその通りにした。花壇は毒草の宝庫だった。信者は花壇に生えた全ての植物を一株ずつ切り取り、それをまとめて茹でてお浸しとし、大蔵王神に供えてねんごろに拝んだ後、手足を縛られた天童の口にお浸しを押し込んだ。皿に一杯のお浸しを食べさせられた天童は、しばらくうめき声をあげていたがやがて大人しくなった。

大蔵王神に向かって祈祷を挙げていたよし乃は、天童の呻き声が消えると信者に向き直り、告げた。

「これで悪魔は退散した。大蔵王神様も大層ご機嫌である。今宵は祝いの祈祷会をやろうぞ」

信者はありがたやありがたやと言って手を合わせた。涙を流している者もいた。

＊＊＊

教団には篤忠とよし乃の二人が教祖代理のような形で残った。信者は篤忠を推すグループとよし乃を推すグループの2つに分かれて反目し合った。篤忠を推すグループには、グループのトップともいうべき天童を殺され、よし乃グループを許すべからずという憎しみに似た気持ちが育っていた。

教団は元々、朝には全員が本殿に揃って大蔵王神の前で朝の勤行を行う習慣になっていた。それがよし乃と篤忠が並び立つ状態になってからは全員そろっての勤行は気まずくなり、互いに別の建物で修業を行うようになっていた。

つまり、よし乃のグループは拝殿を占拠し、そこで寝泊まりはもとより、全ての修業をそこで行い、日々の修業は本殿に出かけて務めていた。もちろん、一切の手はず段取りはもちろん、祝詞の上げ方、声の抑揚まで全てよし乃が教えた。

一方、篤忠のグループは先代教祖の直系は我らが教祖、との覚悟の下で必死の巻き返しを図っていた。つまり宿殿で寝泊まりし、修業は金剛殿で行っていた。しかし何にしろ、このグループが担ぐ篤忠は一度は教団を離れた経験があり、大教祖が引退をするという教団発足以来の大事に際しても、何の力にもなれなかったという負い目は負っている。

しかも長い間実質的に教団を離れていたので、教団独特の儀礼、礼拝などの約束事もよくわからない。全ては古い信者の言うがままに動くだけである。傍で見ていて頼りない。

そんな中でよし乃のグループに属する信者の乱川が突然亡くなった。この信者は熱心な信者であり、日勤を繰り替えしており、全ての教団信者に名前の知れ渡っている男性信者であった。

朝方、教団の庭周りの職人が庭の掃除をしていたところ、庫裏殿の近くの砂場で倒れている乱川を見つけたのだった。乱川は毎朝目を覚ますと、前夜のうちに入れて枕元に置いた一杯のお茶を飲むとそのまま庭に行き、年中同じ庭掃除を自分に課した修業として真面目に行っている信者であった。

直ちに救急車を呼んだが、病院で死亡が確認された。死因は植物アルカロイドによる中毒死と思われるが、毒物の特定は調査中というものであった。もちろんよし乃のやったことである。庭に生えるドクウツギから汁を絞って置き、それを乱川が寝静まった頃を見計らって部屋に忍び込み、お椀のお茶に混ぜて置いたのである。たとえ乱川に見つかったとしてもどうにでも言い訳は出来る。

「大蔵王神様がお前の信仰心に対して褒美の霊薬を下された。有難く頂くが良い」とでも言えば乱川は感激して飲み干すだろう。翌朝目が覚めたときには大蔵王神の前だか天国だかは知らないが、とにかくこの世ならざる所に行っているだけである。

よし乃は直ちに、これは篤忠による呪いのせいだと宣言した。これはよし乃グループの篤忠グループに対する宣戦布告だった。よし乃グループは一歩も引かぬ構えで篤忠グループに対峙した。

思いも掛けない布告にたじろいだのは篤忠グループであった。篤忠はもちろん、篤忠グループの誰にも乱川を亡き者にしようなどとの想いは無かった。それよりも、教団の中で醜い仲間争いを繰り広げるのでなく、早いところ収束を図るべきだ。そのためには信者の信頼の厚いよし乃を篤忠の嫁に迎えるのもやむをえないだろう、と思うようになっていた。


しかし、よし乃グループの信者が急死し、信者が殺気立っている時、もはや無駄な時間を費やすことはできない。そのようなグループの意向を汲んで、篤忠はよし乃と忌憚《きたん》のない相談をしたいと思った。

そこで、よし乃に教団の最高権威の建物の本殿におわします大蔵王神様の御前で、二人だけで話をしたいと正式の使いをやって申し入れた。もちろんよし乃に、前教祖の子息からのこのような礼を正した申し入れを拒むことはできない。よし乃は神妙に意義を正して本殿に赴いた。

本殿には教団の礼に基づいて、最高の儀礼にのっとったきらびやかな調度が整えられていた。教団の事務関係の者20人ほどが、教団の礼服を着て本殿の回廊に並んだ。篤忠の意向を汲んで、本殿の中は人払いが行われ、中にいるのは篤忠とよし乃の二人だけだった。

この教団では、教祖が重要な話をする時には、関係者以外は人払いをするのが慣例となっていた。よし乃は前教祖の子息である篤忠に敬意を表して篤忠の前に礼を正して座した。それを受けて篤忠は、二人で話をする前に大神、大蔵王神様に祈りを捧げたいと言って神殿に向かった。

その隙によし乃は篤忠の礼椀に、教団の庭に咲くスズランから抽出した毒物を入れた。長い祈りを捧げて座に戻った篤忠は座るとよし乃に礼椀に盛られた茶をすすめた。篤忠も同時に茶を飲んだ。

一息入れて、話を始めようとしたとき、篤忠は声も無く倒れた。


よし乃は少しも動揺することなく、涼しい顔をして厳かに歩いて、本堂を出て、外で待つ信者の前に立った。

「いま、大蔵王神が御心を顕された。大蔵王神は前教祖のご子息篤忠様を御身の近くにお招きになられた」

そう言って胸の前で印を結んだ。

信者の間から声にならない声が上がった。回廊に並んでいた事務職員があわただしく本殿の中に入っていった。しばらくして出てきた一人が回廊の正面に威儀を正して正座した。信者とよし乃に深々と礼をした後、厳かな声で皆に伝えた。

「前教祖様のご子息様篤忠様は、ただ今大蔵王神様の御前に身罷《みまか》られましてございます」

　オーという声が漏れた。信者は一様に涙を流していた。よし乃派も篤忠派も無かった。皆が手を取り合って抱き合わんばかりにしていた。教団はまた元の一枚岩に戻ったのだ。よし乃は厳かな顔を崩さず、本殿を背にして立ち尽くした。よし乃の後ろには今や、大蔵王神と全世界併せて200万人の大信者団が控えているのである。

みなさん、安息香です。前代未聞の連続殺人事件が起きました。亜澄先生はどのようにして犯人を特定するのでしょうか？　それではトリック解明編をお楽しみください。

トリック解明編

「亜澄《あずみ》先生、ビッグニュースです！」

「今度は『ビッグニュース』と来たか。安息香《あすか》が言うビッグニュースといつもの『大変です』との違いは何なんだ？」

「ええ、それはですね。『大変です』は刑事事件の場合で、『ビッグニュースです』は刑事事件ではないが、スゴイニュースと言う場合ですね」

「そうか、すると猫がネズミの赤ちゃんを生んだらどうなるんだ？」

「えーと、それはですね。刑事事件ではないですからビッグニュースになりますね。ていうか先生、どうしてそうバカバカしいことが言えるんです？　これが私の尊敬する先生だと思うと悲しくなりますよ」

　二人の会話はいつもこんな調子で始まる。

「そうか、それはすまない。で、ビッグニュースってのはなんだ？」

「それは、東北地方に現われた世界的新興宗教団体、大蔵王神教の新教祖に若い女性がなったんですよ。とってもきれいな人です」

「なんだ、それがビッグニュースか？　なんでそんなことがビッグニュースなんだ？」

「そんなことって、先生。大蔵王神教ですよ。日本中に信者が75万人。世界中では200万人に達するという大宗教団体ですよ。1年間に集まるお布施は2000億円に達すると言われるんですよ」

「なんだ？　その宗教は信者が多いから凄いんか？　お布施が沢山集まるから凄いんか？」

「いや、そういうわけでは」

「俺が知りたいのは、なんでその大蔵王神教とかいう新興宗教にそんなに多くの信者が集まり、その結果、大宗教団体のように言われるのかってことなんだよ」

「でも先生、大蔵王神教の勢いは正しく飛ぶ鳥を落とす勢いですよ。多くの信者が地方ごとに集まって大集会を開いて世界平和を唱えているんですよ。この前はニューヨークの大ホールを借りて大集会を開きましたし、その前は若教祖がローマ法王と会見したといって話題になったんですよ」

「なんだ？　安息香、お前も信者なのか？」

「いや、私はああいうのが苦手なもので」

「そうか、それにしては随分この宗教の肩を持つんでないか？」

「決してそんなことはありません。家はひいおばあちゃんの代から、仏教一筋で」

「でも、宗教って何なんだ？　必要なものなのか？　そんなに何万人も集まって集会を開いたり、何千億のお金を集めたりするほど価値のあるものなのか？　そのお金ってもっとましな使い道は無いのかな？」

「さあ、私にはどうにも。でも宗教って必要な人には必要なんじゃ無いですか？　幸せに暮らすためにはね」

「そうか？　幸せに暮らすためには宗教が必要なのか？　じゃ、ネコも宗教を持っているのか？　ネコは幸せだろ。ときおり喧嘩はするけど、寝る時は親子固まってネコ団子になって寝ているぞ。あれ以上幸せな姿ってあると思うか？」

「確かにそうですね」

「それでなんだっけ？　安息香の言うビッグニュースってのは？」

「なんか、茶化されてわからなくなっちゃいましたけど。そうだ、思い出した。その大蔵王神教に入っている友人が私の所に入信をすすめに来たんですよ」

「オイオイ安息香、勘弁してくれよ。新興宗教の入教のおすすめみたいなものまで研究室に入れるのは。そのうち全学的な問題になるぞ。宗教問題はただでさえもめんどくさいからな」

「先生、その点はご心配無用です。私は宗教なんてものは避けて通る方ですからね。適当に聞いていたんですよ。だけど、どうもおかしいんですよ。話の筋が」

「なに？　話の筋がおかしい？　宗教に話の筋なんてものがあるのか？　適当な話を都合よく繋いだだけなんでないのか？　で、聞いてる方はなんだか訳がわからなくなって、気づいた時には信者になっていたってもんでないのか？」

「いえ、話の筋っていうのは、そういう宗教の教義に関わる話ではなく、新教祖さんの成り立ち、平たく言えば新教祖さんがどうやって教団に入って、そしてどうやって、新教祖になったのかって話なんですよ」

「アレッ！　新教祖さんって前の教祖さんの娘さんでないのか？　宗教の教祖って神がかりだから世襲するものでないの？　新教祖さんって、そんな出世物語みたいにして出来るものなんか？」

「先生、それが意外とそうじゃないんですよ、宗教って。世界の大宗教って言われるもので、教祖さんが世襲しているものなんてありますか？　キリスト教は？　仏教は？　ユダヤ教は？　どうですか？」

「なるほど、そう言われてみればそうだな。キリストさんの子供なんて聞いたことが無いな。お釈迦さんだってそうだよな」

「そうですよ。花祭りで甘茶を掛けるあの可愛い小坊主ちゃんだってお釈迦様本人の子供時代の姿ですよね。決してお釈迦様の子供ではないですね」

「なるほど、そうだな。意外だった。その意味では宗教界ってのは意外と開けているのかもしれないな。とにかく、教祖さんは多くの場合、世襲ではないってことか？　すると大蔵王神教の場合も世襲ではなく、前の教祖さんとは血筋的に無関係の人が選ばれたってことか？」

「そうなんですよ。新教祖は漆山よし乃さんって言うんですけど、そもそもは、ただの信者の可愛い子供だったんですよ。それが前の大教祖に可愛がられているうちに宗教心が芽生えたらしいんですね。で、利発で頭が良いものだから、だんだん教団内部のことにも精通するようになり、次の若教祖にも大切に扱われるようになったと言うんです」

「なるほど、教団出世物語りか? 豊臣秀吉さんの出世物語のようなものだな?」

「ま、そういえばそうですけどね」

「でも、今の話に出た大教祖と若教祖の関係はどうなってるんだ? これは親子では無いのかい?」

「あ、そうですね。実は今回の新教祖は、教団としては四代目の教祖なんだそうです。初代はこの宗教を立ち上げた方ですけどね。その方の長男が二代目教祖の大教祖で、その長男が若教祖なんだそうです」

「そうか、すると次の四代目は若教祖の長男が継ぎそうなものだがな? 子供がいないとか?」

「いや、そんなことはないようですね。ちゃんと長男がいると思いましたけどね」

「じゃ、何でその子が四代目にならなかったのかな? 安息香のように宗教なんてめんどくさいとでも言ったのかな?」

「すみません、私も聞き話なものですから、細かいことはよくわかりません。私に入信をすすめている友人が、とにかくその辺に詳しいですから、ここから先の話は彼女に聞いてみませんか?」

「何やらまた安息香にうまくはめられたようだな。しかし、面白そうな話だから、聞いてみるのも悪くは無いな。しかし、断っておくが、入信の話はお断りだからな。その話は出さないように言っておいてくれよ」

「わかりました。入信の話は私だって願い下げですから、その話は出さないように釘を刺しておきます」

数日後、亜澄の実験室に35歳くらいの女性が訪ねてきた。

「先生、ご紹介します。先日お話しした大蔵王神教の吉永まりこさんです」

「初めまして、吉永と申します。よろしくお願いいたします」

「亜澄と言います。この研究室で助教をしています。よろしくお願いします」

「吉永さんね、亜澄先生は新教祖さんがどういう経緯で教祖さんになったのかを知りたいと仰ってるんですよ」

「ああ、そのことですか？　新教祖様はお名前を漆山よし乃様と仰るのですが、お生まれになったときから教祖様になることが運命づけられていたような方なんですよ」

「と、仰ると、生まれたときから大蔵王神に選ばれていたってことですか？」

「ええ、そういうことですね。新教祖様のご両親は、それは、それはご熱心な信者で、新教祖様が未だ保育園に上がる前から教団に連れてこられ、お祈りを教えてらしたんですよ。その頃の新教祖様は本当に可愛くてお利口なお嬢様でらしたという話です」

「そうですか、小さい時から頭良かったんでしょうね」

「はい、そのように思います。そんなことで、今の大教祖様が未だ現職の教祖様でいらした頃に大教祖様のお目に留まって、大教祖様に大変に可愛がって頂いたというお話です。学校に上がる頃になると大変に頭の良い事から大教祖様のお声掛かりで教団の大切なお仕事などにも携わるようになられたと言います。ところが高校に入る頃にご両親が亡くなられて、それからは教団にお住まいを移して、教団のために身も心も捧げられるような毎日を過ごしてらしたと言います」

「そうですか、ご両親が亡くなられたんですか? ご病気ですか?」

「はい、お母様はご病気で亡くなられたそうです。ただ、お父様がどのようにして亡くなられたのかは存じません。教団の中にはお父様は亡くなられたので無くて、離婚なさったと言う方も見えますが、本当の事は私も存じません」

「そうですか、じゃ、それからはよし乃さんは教団の一員、教祖さんのご家族みたいなものとして過ごしてらしたんですね」

「はい、仰るとおりだったと思います。5年ほど前に大教祖様が教祖様を引退なさって、若教祖様が教祖様になられたのですが、若教祖様もよし乃様を大変にご信頼なさって、教団の重要事はすべてよし乃様と相談なさって決めてらしたということです」

「そうですか、それじゃよし乃さんは教団運営に欠かせない人に成長したということですね」

「そうなんですよ。ところが半年ほど前に若教祖様が突然お亡くなりになりまして」

「エッ？　若教祖って未だ若いんでしょ？　その方がなぜ突然亡くなったんです？　事故か何かですか？」

「いえ、病気だったと言います。お歳はまだ50歳過ぎでしたが、お酒がお好きで、お医者さまから成人病を注意されていたと言うことです。お布団に入ってそのまま眠るように静かな最後だったということです」

「そうですか、それでよし乃さんがその後をついで新教祖になったというわけですね」

「はい、ありがたいことです。これで教団も万々歳だと思います」

「ところで、亡くなった若教祖さんにはお子さんは無かったんですか？」

「いえ、いらっしゃいます。篤忠様と仰って30歳くらいでしょうか？　大学を出られてからは東京で銀行にお勤めになってらっしゃると伺ったことがございます」

「そうですか。その方を新教祖にするというような話は出なかったのですか？」

「そのような話もございました。特に教団の執事長様が強くそのようにおっしゃいまして、篤忠様を新教祖様に推すことに賛成なさる信者を集めていたこともございました。一時は篤忠様を推す声のほうが強かったこともあったように記憶しています」

「それは、そう言う声が起こるのも当然でしょうね。それで、その動きはどうなったんです？」

「大蔵王神様のお許らいということなんでしょうか、執事長様が突然お亡くなりになったんです。するとそれを契機に、篤忠様を推す声は勢いを無くしたように思います」

「執事長さんが突然亡くなられたんですか。死因は何だったんですか？　お医者さんの所見はどうだったんですか？」

「私どもはそのような細かいことは一切存じません。全て教団が大蔵王神様のご意向に沿うように取り計らって下さいます。私どもは、ただただありがたいことと、お見守り申し上げるだけでございます」

「そうですか。それでよし乃さんが新教祖になったんですか？」

「いえ、新教祖様になるためには大切な行事『お試しの業』がございます。それを越えなければなりません」

「お試しの業？　何ですかそれは？」

「大蔵王神様のお声を伺う行事です。教団で最も大切な行事とされています」

「神様の声を聴くんですか。興味があるな。具体的にどうするんですか？」

「教団の最高の秘儀になりますので、私どもなど普通の信者の与り知らないことなのですが、聞くところでは次期教祖の候補者お二人が本殿にお籠りになって、ありがたい呪文を唱えて大蔵王神様のお告げを受けられるのだということです」

「そうですか、本殿に二人だけで籠るんですか」

「はい、そのように伺っています」

「で、どうだったんです。神様のお声は？」

「私ども信者は、お二人がお籠りになっておられる間、本殿の前にひざまづいてお祈り申し上げておりました。お二人が本殿にお籠りになって2時間ほども経ったころでしょうか、本殿の扉が開きました。私どもはまるで、その昔高天原《たかまがはら》で天照大神《あまてらすおおみかみ》が天岩戸《あまのいわと》を開かれて神々しいお姿を現した時のように、崇《あが》め奉《たてまつ》る以外ございませんでした。その中によし乃様、いや、新教祖様が輝くようなお姿でお出ましになられました。私はもう、ありがたくて、ありがたくて、涙が止まりませんでした」

「そうですか、それは感激ですね。で、よし乃さんは何か仰ったんですか？」

「はい、確か、『篤忠様は大蔵王神様の前に身罷《みまか》られました』とおっしゃったと思います」

「身罷った？　どういうことです？」

「大蔵王神様が篤忠様をお近くにお連れになったということでございます」

「それって、もしかしたら、篤忠さんは亡くなったということですか？」

「はい。さようでございます」

「大変でないですか？　それで篤忠さんはどうなったんです？　救急車は？　警察は？」

「全ては大蔵王神様の思し召しの通りでございます。神様が身元にお連れになった方を何でお医者さんに見せる必要がありましょうか？　まして警察などとんでもないことでございます」

「エーッ？　医者にも警察にも見せなかったんですか？」

「私は細かいことは存じませんが、教団はそのような汚れた世の中の約束事を超越した世界ですので、教団の方々が良しなに取り計らったものと思っています」

「そうですか。いやよくわかりました。やはり宗教の世界は私などの住む俗世間とは違うものですね。また何かわからないことが起こりましたら教えて頂きたいものです」

「こちらこそ、わからないことが多いものですから、お役に立つことができたかどうか存じませんが、もし何かございましたらどうぞお声を掛けてください」

「そう、させて頂きます。どうもありがとうございました」


吉永が帰ってから亜澄は安息香に言った。

「どうだ、安息香。どう考える？」

「どう考えると言われましても。どう考えたらよいのか。驚くばかりで……」

「大変な世界だな。あれは。どう考えても一般社会では通用しないぞ。今の話のなかだけでも、得体のしれない死亡がたくさん出てきたぞ。まず、執事長の死だろ？　ただの死なってもんでないよな。みんなで毒草を食べさした集団殺人でないのか？　究め付けお試しの業だな。この業ではよし乃の対抗者が死んでるんだろ？　ただ事じゃないぞ。死因は何なんだ？　一体、医者には見せてるんか？　警察には知らせてるんか？」

「確かにわからないことが多すぎますね。特にお試しの業は殺人を行おうと思えばできる環境ですね」

「そうだろ。しかも、これらの死が全部よし乃に都合よく起こっている。何かあるんでないか？　それに俺にはこれらの死は医者や警察に届けていないんでないように思われる」

「だとしたらとんでもないことですね」

「そうだな、まず水銀《みずがね》に事実確認をする必要があるな」


　亜澄は高校時代の親友で警視庁刑事の水銀に電話した。水銀は現在は東北管区警察局に出向中で仙台にいる。

「やあ水銀。元気か？」

「おお、亜澄か。元気元気、元気いっぱいだ。どうした？　また何か事件か？」

「ああ、チョット聞きたいことがあってな。大蔵王神教って新興宗教の事知ってるか？」

「知ってるも知ってないも無い。いまその真向かいにいるんだ？」

「なに、水銀、オマエその宗教に入ったんじゃないだろうな」

「何で俺がそんな新興宗教に入らなければならないんだ？　俺は未だそんな悪いことはしてないぞ」

「別に悪いことをしたから宗教に入るってこともないだろ。善良な人だっていくらでも入る。

お前のような善人こそ入るかもしれないぞ」

「いや、俺は目下心配ない。俺は最近山形県警に出向になってな。その建物が大蔵王神教の近くにあるんだよ。毎日その教団の前を通って警察にくるようなもんだ」

「そうか、それは偶然だな。その教団の教祖さんが最近代替わりしたの、知ってるか?」

「ああ、知ってるもなにも、この前、教団でドデカいスケールの祝賀行事を開いていたぞ。境内を解放してな、神楽殿では雅楽の演奏や巫女舞、やぐらを組んで餅まきなど、信者だけでなく近隣の人も参加して大変な騒ぎだった。うちからも会場警備や交通整理で何人も派遣したくらいだ」

「そうか、そんな騒ぎだったたか。それで新教祖ってどんな人か知ってるか?」

「ああ、新聞で見た。未だ25歳ほどの若い女性で、美人だな。あの教祖を目当てに入信する者もいるんでないかっていううわさもあるくらいだ」

「そうか、そんな美人か? その美人がだな、どうやって新教祖になったか知ってるか?」

「いや知らない。前の教祖に位を譲られたんでないのか? いわゆる禅譲《ぜんじょう》ってやつだろ? 宗教の場合たいていそうなんで無いのか? そして教祖の長男が新教祖になるんでないのか?」

「じゃ、何で今の新教祖は女性なんだ?」

「それは前の教祖に長男がいなかったからだろ? だから長女に譲ったんだよ。女教祖ってよくあるんでないか?」

「いや、新教祖は前の教祖の血筋ではない。前の教祖にはれっきとした長男がいた。そしてその長男を新教祖に推す勢力もあったようだ。しかしその勢力を黙らせるようにして、この女性が新教祖になったんだ」

「なんだ、それはまた生臭い話だな。亜澄、オマエそんな話どこから拾ってくるんだ?」

「安息香だよ。この前 安息香の友人という、この宗教の信者がな、研究室に遊びに来てな、いろいろと面白いことを話していってくれたんだよ」

「そうか、そんなことがあったのか。さすが安息香さんだな。面白い話ってのはどんな話だ? 俺にも知らせろ」

「ようし、聞いて驚くな」

亜澄は先日の話を聞かせてやった。終わってから水銀に言った。

「どうだ? ビックリだろ」

「ビックリって、おい、それは犯罪でないのか? 警察ではそんな話は聞いてないぞ」

「だろ? 俺もそうでないかと思った。警察に知らせたらただでは済まない話だからな」

「そうだぞ。もしわれわれ警察の耳に入ったら、当然、殺人がらみでの捜査になるな」

「それにしても警察にも何の連絡が無いってのもおかしいな。医者から何かの連絡がありそうなものだがな」

「医者からも連絡は無いからな。多分、死体は医者にも見せていないんだろ?」

「医者に見せなかったら、死亡診断書が出ないだろ。それが無ければ火葬もできないぞ」

「そこはだな。多分、全ては教団で秘密に処理してるんでないか? たぶん、遺体は教団内で土葬にしてるんでないのかな?」

「何だって? 今時そんなことがあるのか? 信じられないな。とにかく、警察でしっかり調べてくれよな」

「よし、わかった。とにかく調べて見る。その若教祖の死から、今回の対抗馬の死まで4件だな。警察への届けと死亡診断書が出ているかどうか、調べて見る。わかったら知らせるぞ」

「ああ、頼む」


数日後、水銀から電話が来た。

「おお、亜澄。オマエの言う通りだったよ。警察への届けがあったのはただ、1件だけだ。信者の乱川って男が教団の庭で、死体で発見された事件だ。死因は植物アルカロイドによる中毒死。毒物の種類は不明。自殺か他殺かは目下調査中となっていた。これは消防と警察に届けが出され、乱川は病院に搬送されて死亡が確認されている」

「そうか、そんな事件もあったのか。それは調べがついているんだな」

「ああ、そうだ。ちゃんと警察で調べている。しかし他の3件は何の届けも報告も無い。その信者の言うことが本当だとしたら、遺体はまだ許可も無いまま、火葬もされていないことになる」

「ってことは、火葬もされないで、どこかに置いてあるってことか?」

「そういうことだな」

「もし、これが本当だったとしたら大変な話だぞ。連続殺人事件だぞ。警察は何をしてたんだって話になるぞ」

「こら、亜澄。友達を脅すな。それは、もしそうなったら大事件だ。教団に解散命令が出されるかもしれないな」

「そうだぞ。信者は世界中に広がってるからな。世界的な大問題になるぞ」

「これは、我々警察もうっかり手を出すわけにはいかなくなるな」

「じゃ、どうする? 見て見ぬふりか?」

「バカをいうな、そんなこと許されるはずがないだろう?」

「俺もそう思う。どうするかだ」

「どうしたらいい?」

「そうだな。まず、届けの出ている事件を手掛かりに捜査を進めることだ。その事件では毒は植物アルカロイドだが種類は不明ということだったな?」

「そうだ。未だ不明のままだ」

水銀の話によると毒物は植物、つまり毒草だが、その種類は鑑識もまだ決めかねているようである。こうなると、亜澄の出番になる。

「毒物の特定の手掛かりになるのは教団だ。多分、毒草は教団の敷地内に生えている植物だ。だから、庭を家宅捜索するんだ。そして敷地内を徹底的に捜索して毒草と言われるものは1本残らず引っこ抜いて、その毒物を遺体の血液と照合だ。

多分、ドクニンジンとか、ドクウツギ、キョウチクトウなんかが怪しいと思う。そしてその時に最近掘り起こした跡が無いかを徹底的に調べるんだな。もしあったら、植物を採取する振りをして少しくらい掘って見てもいいんでないか？」

「そうだな。まずその辺から当たって見るか。よし、結果が出たら知らせるぞ」

「おお、待ってる。じゃな」

数日後、水銀から連絡が来た。

「おお、亜澄、見つかったぞ。ドクウツギが乱川の遺体の血液から見つかった。DNAを調べたところ、教団の庭に生えている物と一致した」

「そうか、それはよかったな。これで犯人は教団内部の者であることが明らかになったわけだ。後は教団の者に聞き取り調査を行って、他の事件の情報も聞き出すようにするんだな。で、どうだった？　掘り起こしたような跡は無かったか？」

「それがなかなか見つからないんだな。なんせ敷地一万坪だからな。ちょっとやそっとでは見つからない」

「そうか。しかし、考えてみれば執事と教祖の長男の遺体だからな。穴を掘って埋めるようなことはできないかもしれないな。おい、水銀、教団の建て物を調べろ。もしかしたら、建築した時に遺体埋葬用の施設を作ってあるかもしれない。建築会社を調べろ。設計図を押収して穴倉のような施設が無いか徹底的に検査するんだ」

「本格的になってきたな。これは相当大きな捜査になるな。やりがいがあるぞ」


1カ月ほど経った頃、水銀から電話が入った。

「どうだ？　水銀。なにかわかったか？」

「ああ、だいぶ見えて来たぞ。まず穴倉だが、あった。本堂の内陣の下に立派な地下室が作ってあった。あれは遺体安置用以外には考えられないな。家宅捜索の令状が出たら一発だ」

「そうか。それは楽しみなことだな。で、教団から何か情報は出てこなかったか？」

「まず、乱川の死んだ状況を聞いたんだが、乱川は早朝、自分の日課にしていた庭の草取り中に死んだようだ。教団の庭師たちが作業中に死んでいる乱川を見つけたってことだ。彼は朝起き掛けに、前の晩に茶碗に入れて置いたお茶を飲んで仕事に掛かるのが日課だった。その茶が証拠品として取ってあったので調べたらドクウツギの成分が出た。だから犯人は夜から朝の間に乱川の部屋に忍び込んで茶碗にドクウツギの汁を入れたってことになる」

「そういうことだな。問題は入れたのは誰か？　ということだ」

「それは難しい。乱川の部屋には教団の者なら誰だって入れる。茶碗には彼以外の指紋は無かった」

「そうか。なるほど。待てよ、水銀。今、いい事を思いついた。そうだ。犯人は教団内部の人間なんだ。だから、可能性のある人間を片っ端から事情聴取すればいいんだ。で、乱川が殺された時には対抗馬の篤忠も教団内部にいたんだよな」

「そうか、わかった。篤忠を容疑者の一人として事情聴取すればいいんだな」

「そういうことだ。今更、死んだ篤忠が出てくるはずはないからな。だったら篤忠が見つからないことを理由にして、全国指名手配でも何でもして篤忠を探せばいい。篤忠は絶対に見つからない。それを待って、最終的に篤忠が教団内部に隠れている可能性があるってことで、教団内を家宅捜索するってのはどうだ？　これで決まるだろ」

「なるほどな。それは良い考えだ」

「ただその前に、こっちの手の内を読んだ教団が、遺骸を運び出して海か山にでも捨てに行く可能性があるからな。しばらくの間、教団を24時間厳重監視の基に置くことだな。どうだ？これで今回も周期表完成ってことだな」

「なるほど。それは名案だ。亜澄、オマエ悪知恵も大したもんだな。頑張れば稀代の大悪党になれるかもしれないぞ」

電話を切ってから安息香が言った。

「先生、水銀さんに褒められましたね」

「褒められた？　なにが？」

「ほら、大悪党になれるって太鼓判を押してくれたでしょ」

「おい、安息香、それが褒め言葉だってのか？　冗談でないぞ」


それから2週間ほど経った夜、亜澄が帰宅しようとした頃、水銀が電話してきた。

「亜澄か！　決まったぞ！　張り込んでいた警官が、教団からトラックが出てくるのを見つけて職務質問したんだ。トラックが警官を振り切って走り出すんで、パトカー10台で追跡して停止させた。荷台を調べたところ、棺が3個載っていた。人物の特定は明日だ。ニュースを楽しみにしてろ。こんな大きなヤマは滅多にないぞ。山形県警始まって以来の快挙だと本部長も喜んでいた。警察庁長官賞ものだとよ」

「そうか、それはよかったな。今晩は旨い酒が飲めそうだな」

「そういうことだ。それより今度仙台で盛大にやろう」

「いいな。じゃな」

化学解説編

【紅花《べにばな》・貝紫《かいむらさき》】

山形で昔から有名なものに紅花があります。紅花は染料の原料です。色はもちろん紅、赤です。赤とはいっても、化学染料の赤とは違って、シットリとして玉虫色に輝く妖しく美しい赤です。紅花の赤は平安の昔から公家や貴族に愛されてきました。

紅花が咲くのは初夏ですが、花の色は赤くありません。黄色です。この花をガクの部分を残して細い花びらの部分だけを摘みます。紅花はアザミ科の花ですから、植物全体が鋭いとげで覆われています。紅花を摘む女性の手はとげに刺されて血が滲むと言います。「紅花は女性の血の色」と言われたのはこのようなことによるのです。

染色は高度に化学的な技術です。その全体がわかるようになったのは最近の話です。平安はもちろん、20世紀に入っても、染色は化学的原理がわからないまま、伝統的な言い伝えの技術によって行われて来ました。紅花染めも同様です。

摘んだ黄色い紅花の花びらは藁で編んだ筵《むしろ》の上に広げ、水をかけて放置します。すると紅花が発酵し、赤い色素であるカルタミンが生成されるのです。この赤くなった紅花を臼にいれ、軽く搗いた後、手で丸めて大福餅状にしたものを紅花餅と言います。この紅花餅を水にいれ、抽出するとカルタミンが水に溶け出してきます。カルタミンの分子構造は複雑ですが、その構造を明らかにしたのは女性最初の理学博士であり、東北大出身の黒田チカでした。１９３０年のことです。女性に愛された東北の花、紅花の色素の分子構造を東北大学の女性化学者が明らかにしたというのも何かの縁なのかもしれません。

紅花は高貴で高価だったため、一般庶民がつかえる染料ではありませんでした。同じように高貴とされた染料に貝紫があります。古代ローマではこれで染めた衣服を身に着けることができたのはローマ皇帝だけだったと言います。

貝紫はその名前のとおり、貝に含まれています。主に二枚貝の鰓下腺《さいかせん》という器官から分泌される黄色い液体がありますが、これが日光にさらされると赤紫に変色するのです。染料の分子構造は藍染の染料であるインジゴにそっくりの骨格ですが、２個の臭素原子Brを含むという違いがあります。

貝紫の産地はメキシコが有名ですが、1個の貝から微々たる量しか取れないので非常に高価となります。これで染めた和服は一着が何百万という価格になると言います。貝紫は、日本の貝にも少量ながら含まれています。イボニシ、アカニシ、レイシなどという岩礁についている貝だそうです。

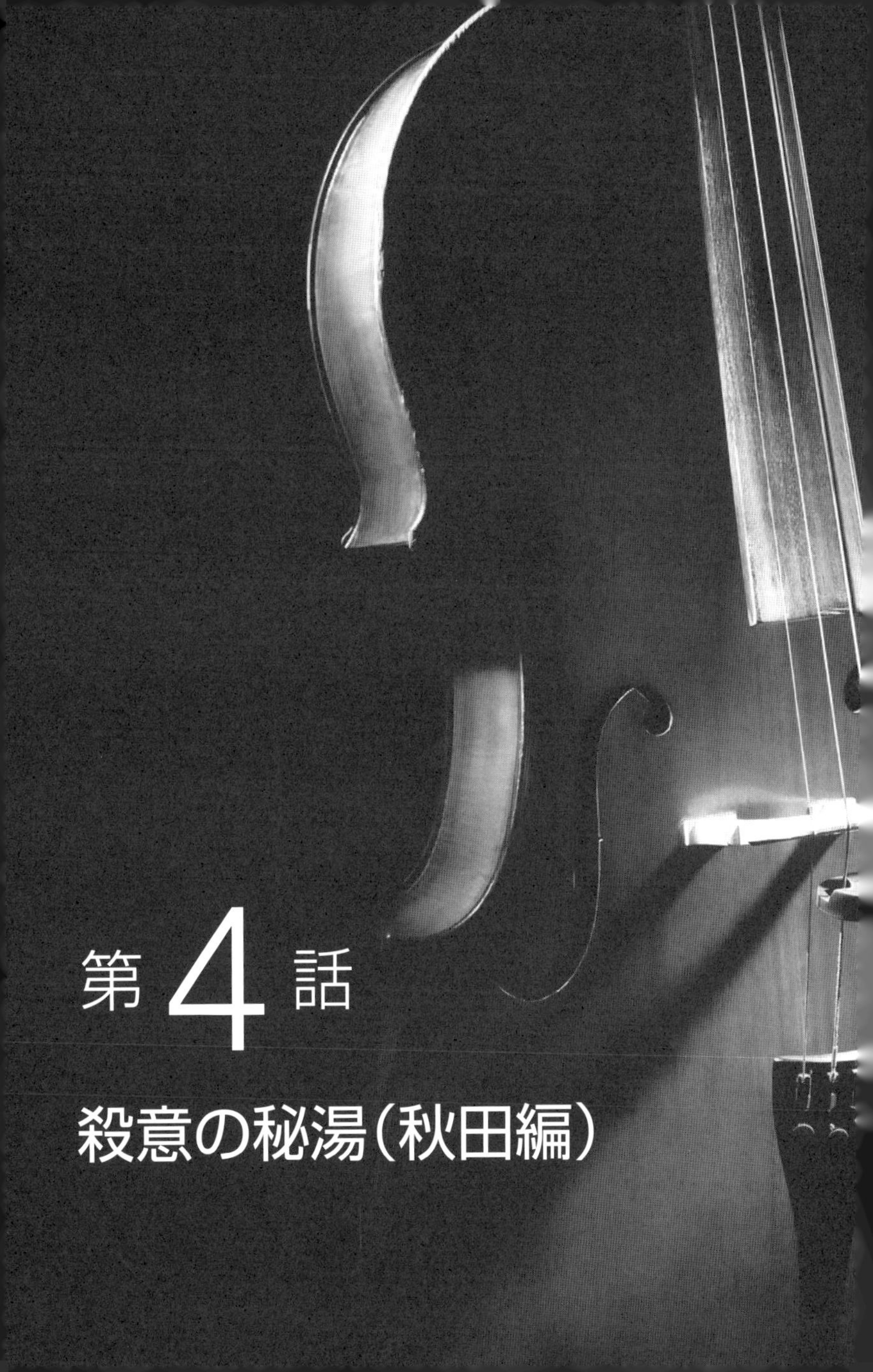

第4話
殺意の秘湯（秋田編）

～第４話　殺意の秘湯（秋田編）～

秋田県は北部、東部、南部を山地で囲まれ、その中に秋田平野、大館盆地などが点在している。日本海には男鹿《おが》半島が突出し、その付け根にはかつて巨大な八郎潟が存在した。現在も十和田湖、田沢湖などが存在する。

　中世の秋田近辺は、清原氏と安倍氏が収めていた。前九年の役（１０５１～１０６２）、後三年の役（１０８３～１０８７）の後は奥州藤原氏が支配したが、その藤原氏も１１８９年、源頼朝による奥州征伐の前に散った。戦国時代には安藤氏、戸沢氏などが割拠したが、江戸時代になると佐竹氏が常陸の国（54万石）から20万石に大幅減石されて転封し、明治に至った。

◉田沢湖

秋田といえば秋田美人である。何が美人かという定義は人と時代によって異なる。小野小町は秋田出身であったというと秋田美人説に軍配が傾きそうだが、山形出身という説もある。

秋田はこだわりの多い街である。漬物はガッコという。漢字で書くと「雅香」である。たかが漬物と思うが、ここがこだわりである。落雁はモロコシである。トウモロコシの粉で作ったのかと思ったら、「諸越」の意味だという。全てを凌駕した美味しさというわけである。

その昔、佐竹公が江戸城中で他の大名と雑談中に領国の大蕗の話をしたところ、「そのように大きな蕗があろうか?」と不信がられたという。憤慨した佐竹は、家臣を蕗取りに秋田まで早馬で遣わしたという。何やら54万石から20万石に減禄されたことに拘っているのかなと思わせるほどの一途さである。

温泉ブームが続くなか、秋田の秘湯と言われる温泉が好まれる。情報誌などで秘湯と紹介されたおかげで観光客がおしかけ、秘湯ではなくなったなどという話しも聞く。日本全国で温泉がいくつあるのか、誰も知らないのではなかろうか。温泉の数をどう数えるかという定義にもよるが、秋田県だけで源泉の総数は約600箇所というから、単純計算して日本中では2、3万箇所という、ほとんど一人で入りきるのは不可能な数である。

＊＊＊

秋田市にある秋田国際大学の美術クラブは、毎年秋に地元秋田を中心とした東北の温泉を合宿旅行するのが恒例となっていた。人知れぬ山里に埋もれた秘湯といわれる温泉につかり、実りの秋の味濃い東北の郷土料理を食べ、東北の秋の美しさを心行くまでキャンパスに留める。

美術クラブとしてこれ以上無いような最高の催しである。部員の中には美術研修ではなく、この旅行を目当てに入部する者もいると言う噂もあるくらいである。

今年は合宿の温泉に、東北の最後の秘湯として誉れ高い名湯を選んだ。岩手県と秋田県の県境にある夏油《げとう》温泉である。夏油温泉は永和元年（１３７５年）、平家の落人の末裔であるマタギの高橋四郎左エ門が深傷を負わせた大白猿を追ったところ、湯浴している白猿を見つけ、それが夏油温泉の発見になったと言われている。

夏油温泉という名の由来は、アイヌ語の「グット・オ」（崖のある所の意）から来ているとか、冬は東北特有の豪雪で利用できなくなるため、夏季だけの温泉なので夏の湯、つまり「夏湯」と言われたとかの説がある。

なぜ「夏湯」と書かないで「夏油」つまり「油」と書くようになったのかについては、お湯が夏の日差しでゆらゆらと油のように見えたので後に「湯」が「油」になったというもっともらしい説があるが、真贋は定かではない。とにかくなにがしかの神秘性があり、行ってみたいとの気持ちを誘う魅力的な温泉である。

総勢20名ほどの部員は毎年の恒例に倣ってレンタカー会社から小型マイクロバスを借り、免許を持っている部員が運転して大学から出発した。途中で紅葉に染まった渓谷や遥かに見渡す高山の景色などを楽しんだ。途中の峠の公園では、バーベキューの昼食を取った。合宿幹事が用意したチキン半身の醤油漬けには、女性部員が感激で声を上げた。一口大のから揚げなどには慣れていても、半身の大きさのチキンが目の前にドカーンと盛られると、女性はビックリするらしい。これを一斗缶の口を開けた即製コンロに置いた網渡しの上で焼いて食べる。最高に野趣溢れるバーベキューである。今年のクラブの展示会用の作品は、このバーベキューにすると宣言した女性部員もいたほどである。このイベントを考えた部長と料理長は随分と名を挙げたようだった。

みんなは昼食で満ち足りており、また好きな者には缶ビールも用意したので、乗員の部員はみな半分寝むり加減になった。急ぐ旅行でもないのでバスはゆったり運転した。

宿に着いたのは夕方4時過ぎだった。秋ともなれば山間の谷間にある宿は暗くなるのも早い。周囲の山々が朝日も夕日も陽を覆うのである。一行が宿について間もなく、突如外でドッドッドッドッと大きな音が響いた。何事かと皆が驚くと、天井からぶら下がった裸電球がオレンジ色になり、やがて明るく輝いた。女性の歓声が上がった。音は発電機の発動機（エンジン）だったのである。

「これからしばらくは電気が灯るが午後10時になると発電機は止まって電気照明は無くなりますから、あとは天井にぶら下がっているランプの照明になります」と宿屋の主人が説明した。ランプと聞いて女性から「ステキ！」と言う声が出た。

その他にロウソクも用意してあるので適宜使って下さいとのことだった。至れり尽くせりである。早速、後でロウソクを持って露天風呂に行こうなどと話している者もいる。皆、今時珍しいひなびた温泉に大満足のようであった。

夕食は宿の恒例にしたがって早めの午後6時となった。夕食までの1時間余りは自由時間となった。

夏油温泉は敷地内に風情溢れる多くの露天風呂があることで有名である。中には旅館の案内に漏れている露天風呂があるとの噂もあり、それをめがけて来る通のお客さんもいるとの話もある。しばらくの間、部員それぞれが風情の異なる外湯の露天風呂に入って楽しんだ。温泉の周囲にはランプがぶら下がり、そこからこぼれるほのかな明るさが、嫌が上にも風情を高めていた。

　夏油温泉は広い屋敷内に風情にとんだいくつかの混浴露天風呂が点在している。昔は男女構わず裸で入るおおらかなものだったが、さすがに最近はそうもいかず、混浴風呂には水着を着て入ることが指示されている。もちろん部員はそのことを知っているから、各自趣向を凝らした水着を用意していた。

　夏油温泉の売り物となっている「天狗の湯」は、高さ3ｍ以上もある巨大な一枚岩の頂上部を掘って湯船にしたものであり、はしごを昇らなければ入れることはできない。もう一つの名物である「ヘビの湯」は、岸壁に掘った深い洞穴であり、その底に湯が溜まって、蒸風呂のようになっている。洞窟がヘビのように曲がっていることから付けられた名前だと言う。また、「モミジの湯」は風呂の脇に大きな楓の木があり、秋の紅葉の季節には赤い落葉で風呂の底が赤く染まることから付けられたという。風呂に入って足を動かすと紅葉の葉が湯に泳ぎ、何とも言えない風情を醸し出す。

　約束の夕食時間の午後6時になった。皆が食堂になっている広間に集まったが4年の新谷綾香が現われない。あちこちの風呂に入りすぎて、のぼせて遅れているのだろうということで、皆が気にもせず待っていた。しかし、15分ほど過ぎても綾香は現れない。あまりに遅い。

そこで不審に思ったクラブの部長、湊昇が皆に声をかけ、部員全員と温泉の従業員の手の空いている者全員で温泉中を探した。綾香はなかなか見つからなかったが、ようやくヘビの湯の中に浮いているのが発見された。

皆が驚いて大騒ぎになった。とにかく警察と救急車に届けた。綾香は救急車で運ばれたが病院で死亡が確認された。死因は頭部強打による脳震盪と、その状態で温泉に沈んだため起きた水死によるものとされた。事件性は認められなかった。

しかし、一応不審死ということで、旅行に同行した部員全員が警察から状況を聞かれた。誰もが綾香の人柄の好さを強調し、誰にも恨まれるようなことは無いことを訴えた。警察も事件に犯罪の匂いは感じなかったようだった。結局、綾香が露天風呂に入る時に足を滑らせて転び、湯船の縁の岩に頭をぶつけ、そのままお湯に沈んで温泉の湯を飲んで水死したものであろうと思ったようである。しかも悪いことにお湯がヘビの湯であり、洞窟になっていることから外部から見えにくい。そのため助けに入る人も無く、このような災いになったと警察も、話を聞いた部員も納得した。

全員の聴取が終わったのは午後9時を過ぎていた。聴取を終えた者は、終えた順にその後、再度温泉に入ったり、自動販売機からジュースやお酒を買い、各自自由に夜を過ごして床に入った。事故があったとはいえ、皆若い、自由時間になってお酒も自由となったら、全ては無礼講である。皆が自由に夜を過ごし、人のことに注意を払う者など誰一人としていなかった。

翌朝7時、朝食の時間になったが3年の亀田帆夏が現われない。綾香の次は帆夏か、この大変な時に何をしているんだということで、全員不平半分、どういうことだなどと言いながら昨夜と同じように、温泉中をくまなく探した。

昨日のこともあるので、温泉場のあちこちに広がる大小の外湯、露天風呂の周囲は温泉の従業員を先頭に立てて特に念入りに探した。しかし帆夏は見つからなかった。もしやということではしごを上って天狗の湯の湯船も見たが帆夏はいなかった。

ようやく見つかったのは、探し始めてから30分以上も経ってからであった。帆夏は温泉場の母屋の裏に設けられた、展望台の下５ｍほどの所に広がる岩場に横たわっていた。状況から見て展望台から足を滑らせて下の岩の上に落ちたものとみられた。

昨夜に続いてまたもや警察が呼ばれた。現場検証をするまでも無く、帆夏の死は展望台から足を滑らせて下の岩場に頭を打ちつけての死亡と推測された。展望台に争った跡は見られなかった。岩場には帆夏が頭を打ちつけたと思われる、血に染まった岩があった。周りには帆夏の履いていたと思われるスリッパが転がっていた。

昨夕に続いてまたも事情聴取が始まった。誰も何も知らないとしか言いようが無かった。昨晩は警察の事情聴取のおかげで団体行動はできなかったので、帆夏がいつ頃部屋に戻って、それから何をして何時頃に寝たのか、誰も知らなかった。

警察も、またかと思いながらも事故ではないかとの判断を下したようだった。昨夜は晴れて夜空が事の他綺麗だったのでそれにつられて夜空を見に来て、夜露でぬれた床で滑ったものであろうと結論付けられた。

＊＊＊

綾香の死は単なる事故ではなかった。あるいは、自殺とでも言えばいいのかもしれない。4年生の綾香は同じく4年でクラブの部長でもある湊と付き合っていた。そのうち妊娠してしまった。

そのことを綾香は、湊との付き合いの発端になった3年前のクラブの旅行の事を思い出し、その思い出深い今回の旅行の際に湊に告げようと自分なりにロマンチックに思い描いていたのだった。綾香はこれを良い機会に、自分から結婚を申し込んだらきっと湊は喜んでくれると一人で思っていた。折角の機会だから、誰にも見られず、二人っきりになれる場所をということで、綾香は湊をヘビの湯に誘い、二人っきりになった所で、妊娠の話をした。

ところが、綾香と湊の想いはかけ離れていた。思いがけず妊娠を告げられ、その上結婚を迫られた湊はひどく驚いた。湊は妊娠の責任も、まして結婚も、全てを強く否定した。

「そんなことは俺には関係ない。自分で責任をとったらどうなんだ。俺に何かしてくれなどと言われても迷惑だ。まして結婚とは何のことだ？　何で俺が君と結婚しなければならないんだ。迷惑なことは言わないでくれ！」

それを聞いた綾香は黙ったまま突発的に風呂に飛び込み、自ら身を沈めた。その後浮かびあがったときには息をしていなかった。つまり自殺だった。


たまたまその様子を見ていたのが帆夏だった。

綾香が夕食に遅れて皆が騒いでいる時、帆夏は部長の湊がきっと何か説明するのではないかと思って、自分から何かを言い出すのは控えていた。ところが湊は何も言わず、何も知らない振りをして皆で探すようにと言い出した。これで帆夏は言い出す機会を失ってしまった。後は皆の後を追って綾香を探す振りをするしかなかった。

綾香がヘビの湯で発見されて警察の事情聴取が始まったとき、早めに警察の聴取を終えた帆夏は、彼女より早く聴取を終えていた湊に話があると言った。部員の誰にも見られない所で話しをしたいと言って、宿の裏の展望台に誘った。帆夏の話の内容を悟ったのか、湊は大人しく帆夏についてきた。

　そこで帆夏は夕方にヘビの湯で見たことを湊に話した。そして、一部始終を警察に正直に話すことをすすめた。このままでは綾香先輩があまりに可哀そうだと言った。そのとき、帆夏はほとんど泣いていた。そしてもし湊がどうしても警察に言わないのなら、私が警察に言うと言った。

　長くて辛かった就職活動も一段落つき、湊は長年夢見てきた有名企業の内定をもらったところだった。4月からは憧れの企業で世界を相手に仕事ができる。湊は舞い上がりたいような気分だった。ここで綾香のような女性との不祥事が明るみになって、それが会社に知られたら、たとえ実際は綾香の自殺であったとしても内定は間違いなく取り消しとなる。綾香のことは何としても秘密にしなければならない。帆夏にいられては困る。湊は帆夏を展望台から突き落とした。

　綾香と帆夏の相次ぐ死に部員の動揺は大きかった。二度目の警察の聴取は厳しかった。しかし犯人はもちろん、犯罪を裏付けるものも何も出てこなかった。

4年で副部長の岩谷恵子は帆夏の親友だった。恵子は昨夜の帆夏の様子が普段と変わっているのを不審に思っていた。なにかおどおどしていた。部長の湊に何か言いたげなように見えたが、そのくせ湊と視線を合わせるのを避けるようにしていた。そういえば昨夜は湊も変だった。何かを怖がっているように見えた。それが特にハッキリしたのは、警察の聴取の番が近づいた時だった。顔色が蒼くなっていた。心なしか震えているようにすら思えた。帆夏と湊の間に何かあったのか？　しかし、宿へ来る途中のバスの中では二人とも何の変わった様子も無かった。いつもの通り、屈託なく、楽しそうにバーベキューや窓外の景色を楽しんでいた。それがおかしくなったのは綾香が夕食に遅れた頃からである。綾香の事故と帆夏、湊の間に何かあったのか？　恵子の疑念は正体が見えないまま広がっていった。

＊＊＊

帆夏の家は山形県の新庄市だった。遠いので、帆夏の告別式にはクラブの顧問の西目助教と部長の湊が代表として出席することにした。

一方、綾香の家は秋田市内であったので秋田市内の寺で告別式が行われた。綾香の告別式には部員も全員が会葬した。その席で綾香の母親が、会葬した親戚の夫人に綾香が妊娠していたと話しているのを部員の一人が聞いていた。

その後、部員の間では、綾香の相手は誰だという話が持ちきりとなった。綾香と湊が付き合っていたのは部員の誰もが知っていた。誰言うともなく、綾香は湊に妊娠を告げたが邪険にされた上に、温泉に突き落とされて殺されたという噂が広がった。

噂が広がるに連れて、部員の皆が湊に向ける目が変わった。自分の恋人を妊娠させ、告白されて殺した男。最低最悪の男である。話をするのもけがらわしい。脇に寄ってこないで欲しい。面と向かってそんなことを言う者はいないが、湊に向ける視線の中にはそのような気持ちがあからさまにこもっている。

湊とてそれに気付かないわけではない。部室に来ても誰にも相手にされず、黙って部室の隅で時間を過ごし、いつか誰も知らないうちに部室から消えるような日が続いた。


それから一週間ほど経ったある日、湊が数日続けて部室に現れなかった。携帯に連絡しても留守電になっていた。部員たちは相談して、代表として湊のアパートに近い所に住む部員が見に行くことにした。

アパートに行ってみると、湊の部屋は施錠されていた。郵便受けには新聞が入っていた。

インターホンを押しても返事が無いので、部員は管理人に頼んで開けてもらった。

二人で室内に入ると、湊がリビングのテーブルの前の椅子から崩れて床に倒れていた。テーブルの上には飲みかけのコーヒーが置いてあった。二人は慌てて救急車を呼んだ。駆けつけた救急隊員は湊が死亡していることを告げた。搬送した病院で調べたところ、死因は心不全だった。警察は病死として処理した。


湊は病死ではなかった。副部長の恵子に殺されたのだった。恵子はクラブ内の噂を聞いた時、これは助かったと思った。

恵子は、綾香を殺したのは噂の通り湊に違いないと思っていた。そして多分、帆夏は湊が綾香を温泉に突き落とすのを見たのだ。だから、それを警察に言うべきかどうか、あるいは湊に言って自首を促すべきか迷っていたのだ。ところがその様子を湊に悟られて、展望台から突き落とされたのに違いない。

そうだ、綾香、帆夏の二人を殺したのは湊に違いない。湊を許すことはできない。命をもって償って当然だ。恵子はそう考えた。場合によっては自分が警察に訴えてもいい。しかし恵子には、この時、湊が殺人犯として警察に捕まるよりは、湊に黙ってこのまま、この世を去ってもらった方がいいもう一つの事情があった。

それは恵子が応募した公募展で、恵子の絵が奨励賞を取ったことである。これは新人の登竜門とも言われる公募展であり、権威のあるものであった。そこで奨励賞を取ったということは、恵子の画家としての将来にとって大きな意味を持つものであった。

これは言うべきも無く、もろ手を上げて万歳して喜ぶべきことなのだが、恵子には喜んでばかりもいられない事情があった。というのは受賞作品の構図が恵子のオリジナルではなく、湊の作品を無断借用したものであったからである。

湊は日本画を得意とし、いつも日本画を描いていた。そのため、油絵派の多いクラブ員からその絵をまじまじと見られて、良いの悪いのと批評されることはあまりなかった。

一方、恵子は幼い時から油絵一本でやってきた。そのため恵子は軽い気持ちで湊のデッサンを真似して下絵を描いた。それに自分の心情と技術によって彩色し、ディテールを完成させた。

絵ができ上がったときには、われながら気に入った仕上がりになっていた。いつもの自分の絵とは異なった世界の絵がそこにあった。しかし、そんなことには気づかず、良い作品が描けた、そんな軽い気持ちで応募したのであった。このコンクールでまさか奨励賞を取ることになるなど、考えてもいなかった。

しかし、入賞作が発表された後、もし湊がこの絵を見たら、このデッサンは間違いなく自分のものだと言うだろう。部員だって湊の言い分に賛成するだろう。

授賞式の後でこのようなことがわかったらどうなる？　大変なことになる。公募展始まって以来のスキャンダルだ。剽窃、贋作、盗作、何れにしろ、恵子の立場は間違いなく無くなる。公募展が有名なものだけに、そこで犯した過ちは過ちでは通らなくなる。恵子の画壇での将来は、汚辱どころではない、汚辱にまみれて消えてしまう。

といって、今更応募を取り消すなどということができるものでもない。もしそのようなことをしたら、それこそ、その理由は何なのだということを調べられて、やはり画壇での生命は絶ち切られる。恵子としては、湊に消えてもらうしか道は無かった。

恵子は日曜日午前、湊のアパートを尋ねた。同じクラブの部長と副部長である。気心は知れている。互いの住所は知っているし、友人を混ぜて訪問もしあっている。

恵子の突然の訪問に湊は驚いた様子だったが恵子を部屋に上げてコーヒーを出した。恵子は隙を見て湊のコーヒーにキョウチクトウの枝から搾り取った汁を入れた。キョウチクトウにはオレアンドリンという猛毒が含まれる。

コーヒーに混ぜれば、コーヒーの味も多少は変わるかもしれない。しかし湊は恵子が、もしかしたら自分に自首をすすめに来たのかもしれないと思っている。平常心ではない。

コーヒーの味が少しくらい変わったからといってそれに気付く状態ではない。湊は恵子のどうでもいい話しを聞きながらコーヒーを飲んだ。

しばらくして湊が動かなくなったのを確認した後、恵子は自分のコーヒー椀を洗って食器棚にしまった。机の上のパソコンに『とんでもないことをしました。死んでお詫びします』と遺書を打ち込んだ。用心深く周囲の指紋を消した後、持参した低融点合金でアパートの合鍵を作り、それで鍵を掛けてアパートを後にしたのだった。

＊＊＊

美術雑誌に今年の公募展の入選作が写真入りで紹介された。それを見た美術クラブ3年生の象潟翔子は不思議な思いにとらわれた。どこかで見たような感じ、既視感と言うのだろうか？　フランス語でデジャヴュという感じである。この絵に描いてある街並みはどこかで見たことがある。

やがて翔子は、見たことがあるのはこの絵に描かれた景色ではなく、この絵そのものであることに気付いた。そうだ、この絵は前に見たことがある。これとよく似た絵を見た覚えがある。それはどこだったろう？　翔子は考えた。しばらくして翔子は思い出した。

そうだ、この絵のスケッチは亡くなった部長の湊先輩が描いていた絵だ。

翔子は写真に付けられた名前を見た。そこには「奨励賞、秋田国際大学　岩谷恵子」とあった。部長の湊ではない。副部長の岩谷先輩の名前だ。どうしたことだ？　たしかにこの絵は彩色や細部は岩谷先輩の作品である。湊先輩は日本画だし、岩谷先輩は洋画だ。しかしこの絵はそんな材料、技術の問題を越えて、構図、スケッチ、印象、紛れもなく湊先輩の絵だ。これでは湊先輩の絵に油絵具を塗って私の絵だと言ってるようなものではないか？　こんなことが許されて良いのだろうか？　幸い、他の部員は未だ気づいていない。というより、このクラブではそんな公募展の結果などに興味を持つ人は誰もいない。異性の友人を作る事、それと仲良く遊ぶこと、秋の旅行を楽しむこと、そんなことを目的に入ってきたような人ばかりである。

しかし、このことが問題になったら困るのは恵子先輩である。これは顧問の西目先生にも知らせなければならない。それにしてもその前に恵子先輩本人に言って置くべきだ。

翔子は部室で恵子と二人きりになった時を見計らって恵子に言った。

「恵子先輩、おめでとうございます。私、美術雑誌を見ました。奨励賞を取ったんですね。凄いです。おめでとうございます」

「ありがとう。きっとマグレだと思うわ」

「とんでもありません。素晴らしい作品です。でも、なぜこんな素晴らしいことをクラブのみんなに伝えないんです？」

「そんなことしたら、自慢するみたいになるじゃない？　私、そんなこと嫌なの」

「そんなことありません。クラブの皆さんに知らせてみんなで喜ぶべきです。そしたら皆さん、もっと頑張ろうという気になるのではないでしょうか？」

「そうかしら？　でも、なんだか恥ずかしいわ」

「でも先輩。私、この絵見たとき、どこかで見たような気がしたんですけど。なんか、亡くなった部長の湊さんが前に描いていた絵によく似てるなって思ったんですけど、関係ないですよね」

「当然よ。これは私が描いた絵ですもの」

「そうですよね。でも、こんな素晴らしい事、顧問の西目先生にもお知らせすべきです。私、そのうち先生に報告しておきます」

「困ったことになった」恵子はそう思った。顧問に報告されて、その上、湊の絵と似ているなどと言われたらお終いである。西目先生は湊の事を買っていた。西目先生が見たら、私の絵が湊の模作であることは一遍に見破られてしまう。そうなったら、西目先生はクラブの顧問としての責任もあるから公募展の選考委員会に報告するだろう。その結果は目に見えている。

ここは何としても翔子を黙らせなければならない。どうやって黙らせる？　恵子は近々行われる湊の追悼会を思いついた。これを利用することにした。

それは部として行う初めての追悼会であったが、部長の湊を悼み、みんなで黙祷、献花を行った後、湊を想いながらコンパをやろうという会であった。

はじめは神妙にしていた部員も、食事とお酒が出て来ると、いつもの通りの砕けたコンパに様変わりした。恵子は翔子に「いろいろご苦労様」とか言ってキョウチクトウの絞り汁を入れたジュースを手渡した。翔子は「先輩ありがとうございます」と言って両手で受け取り、美味しそうに飲み干した。

みなさん、安息香です。楽しいはずの合宿旅行が大変な事件に発展しました。亜澄先生はどのようにして犯人を特定するのでしょうか？　それではトリック解明編をお楽しみください。

トリック解明編

「亜澄《あずみ》先生！　大変です！」

「安息香《あすか》、また大変か？　今度はどんな大変なんだ？　キャンパスに猫の赤ちゃんでも捨てられていたか？　可哀そうだけど、うちの研究室では飼えないぞ」

「そんなことではありません！」

「なんだ？　随分、真面目に大変なんだな？」

「そうです、真面目です。真面目な相談です」

「なに、真面目な相談？　安息香が俺に真面目な相談か？　よしわかった。それは滅多にあることではないな。好きな人でもできたか？　でも俺はそういう問題は苦手だからな？」

亜澄と安息香の話はいつもこんな様子でどこかかみ合わない。

「違いますよ、そんなんじゃありません。私の友人の秋田国際大学の学生さんが、相談があると言うんですよ」

「なに？　秋田の大学生が安息香に相談？　何の相談だ？　化学の相談か？　大したもんでないの。他の大学の学生さんから頼りにされるなんて。安息香も立派になったもんだ。やはり俺の教育が良かったな。良かった、良かった」

「何を一人で喜んでるんですか。化学の相談ではありません。事件の相談です。それに相談相手は私じゃありません。先生です」

「エッ？　秋田の学生さんが俺に事件の相談？　どういうことだ」

「先日、秋田でかまくら祭りがあって行って来たんですよ。そこでたまたま学生さんと一緒になって、仲良くなって話しているうちに事件の話になって、それならうちに頼りになる先生がいるよって話になったんですよ」

「それで俺の所に話が回ってきたってことか？」

「ま、そんなところです」

「おいおい、俺はそんな話は知らないぞ。安息香が相談に乗ってやればいいだろ」

「あら、そう言うことを仰るんですか？　わざわざ心配事の相談に乗ってもらいたいと、秋田から仙台まで出て来た女学生を断ると言うんですか？　そういう方だったんですか先生は？」

「おいおい、なにかひどい言い方でないか？　まるで俺が情けを知らない男のような言い方でないの？　それじゃ俺は断ることはできないってのか？」

「ま、そういうことになりますね。学生さんは鶴舞千種さんという大学2年生なんです。それじゃ、明日にでも来るように言っておきますね」

「エッ？　そんなに急でいいんか？　相手の都合だってあるだろ？」

「いいんです。大学は秋田だけど実家は仙台で、この大学の近くなんです。電話したら今すぐにでも飛んできますよ」

翌日、亜澄の研究室に鶴舞が来た。

「先生ご紹介します。秋田国際大学、央文学部2年の鶴舞千種さんです」

「はじめまして。鶴舞千種と申します。よろしくお願いします」

「亜澄錬太郎です。よろしくお願いします。それで僕にご相談というのはどんなことですか？」

「千種さん、亜澄先生は推理が得意な先生でね。これまでに何件もの難事件を解決してるんだよ。何でもいいから、全部話して相談すると良いわよ」

「ありがとうございます。そう仰って頂けると助かります。実は私、大学で美術部に入ってるんですけど、そこで事件が連続して起こってるんです」

「美術部で事件？　美術部って、あの絵を描いたり彫刻を作ったりするクラブですよね」

「ええ、そうです。でもうちのクラブは絵が多くて、ほとんど全員が油絵を描いています」

「そうですか。千種さんも油絵ですか？」

「ええ、そうです。油絵以外は、部長の湊先輩が日本画を描いています。あと木彫をやっている人が二人ほどいるだけです」

「それでその美術クラブで事件が起きたということですが、どんな事件ですか？」

「いえ、事件とは言えないかもしれないんですが、続けて何人も部員が亡くなってるんです」

「エッ？　同じクラブで部員が何人も続けて亡くなってる？　それって十分に大事件で無いんですか？」

「ええ、でもそれがみんな事故や病気なんです」

「事故や病気か。それでは事件とは言えないかもしれないな。でも事故死や病死が連続するってのも、偶然とはいってもおかしいな」

「そうですね。おかしいですよね。千種さん、最初の事件から順を追って話してみたら?」

「ええ、そうします。最初の事件は去年の秋のクラブ旅行でした。岩手との県境にある夏油温泉に行ったんですが、部員の4年生の綾香さんが温泉で足を滑らして転んで水死しました」

「温泉で転んで水死? 誰か助けなかったの?」

「誰も近くにいなかったんです。夕食の時間になっても綾香さんが来ないんで、みんなで温泉中を探しました。そしたら、ヘビの湯という洞窟の温泉の中で倒れているのが見つかりました。見つかった時には既に水死していたんです」

「そうか、で2件目は?」

「その翌日です」

「エッ? 翌日っていうと、やはり温泉で?」

「はい、翌日の朝食時間になっても3年生の帆夏さんが来ないので、みんなで探したら展望台から落ちて亡くなっていました」

「そうか。大変な旅行だったね。その事件は警察に届けてあるよね」

「はい、もちろんです。ですから、夜とその翌朝の2回警察の方が見えて、私たちも事情聴取を受けました」

「そうか、それはそうなるな。事故が2回も続くなんてのは、そんなにあることではないからな。で、警察はどうした」

「2件とも事故ということで、その後の調べは無いようです」

「そうか、連続事件ってのはそういうことか？」

「いえ、それだけではありません」

「エッ？　未だあるの？」

「はい。それから1カ月ほど経った頃、クラブ内で変な噂が立ったんです」

「変な噂？　千種さん、変な噂って何？　そういうのが意外と大切なんですよね、先生？」

安息香が千種を促した。

「言いにくいんですけど、亡くなった綾香さんが妊娠していたんです。で、その相手が部長で4年の湊さんだって噂です。綾香さんが湊さんに妊娠のことを話したけど、湊さんが冷たくしたんで綾香さんは自殺したっていう噂です」

「それは噂にしても大変だわね。で湊君はどうしたの？　否定したんでしょ？」

「いえ、ただの噂ですから、否定のしようも無かったんでないでしょうか？　部室にきてもいつも部屋の隅の方で絵を描いていました。寂しそうでしたね」

「そうか。それはそうだろうな。誰か相談する相手はいなかったのかな？」

「副部長の4年の恵子さんと時折話をしていたようですね。私たちも湊さんには話しかけづらくって、そっとしておくってことくらいしかできなかったものですから。でも、あんなことになるなんて」

「なんだ、あんな事ってのは？　湊君が自殺でもしたのか？」

「ええ、そうなんです。湊さんが二日続けて部室に来ないことがあり、携帯に連絡しても返事が無いんです。そこで湊さんのアパートに部員が見に行ったんです。そしたら机の前の畳の上に横たわっている湊さんを発見したそうです。直ぐに救急車を呼んだけど既に亡くなっていたそうです。机の上のパソコンに遺書が入っていたので、警察は自殺として処理したと聞いていています」

「そうか。これはなんかおかしいな。3件の事件が妙に繋がっているような気がするな。これは3件一緒になった大事件かもしれないぞ。安息香、オマエ大変な事件を見つけてきたのかもしれないな。大したもんだわ、安息香の鼻は。猟犬並みだな」

「亜澄先生、実はそれだけではないんです」

「何だ？　まだあるの？」

「実は先日、湊さんの追悼コンパがあったんです。湊さんだけでなく、綾香さん、帆夏さんの追悼も含めてってことだったんですけど。そこで2年生の翔子さんが急に倒れたんです。みんな驚いて救急車や警察に届けたんですが、病院に運ばれた時にはすでに亡くなっていたそうです」

「なに？　コンパの席上で倒れた？　どんなコンパだったんです？　会場や出席者は？」

「大学の近くのレストランを借りて行いました。立食のパーティー形式でした。出席者は顧問の先生や、先輩を含めて４、50人だったと思います。はじめに黙祷があって、それから顧問の先生の追悼の言葉や、友人の話があって、それからパーティーに移ったんですが、30分くらいも経った頃、急に翔子さんが倒れたんだそうです。私は離れた所にいましたので、その場を直接見たわけではないんですが」

「そうか、するとわずか3、４カ月の間に４人の学生さんが亡くなってるわけだ。二人は事故、一人は自殺、もっとも湊君の遺書によれば、事故のうち1件は他殺の可能性があるってことだな。そして最後の1件は目下調査中ということだ。千種さん、これは大変な事件だよ。ありがとう、こんな事件を知らせてくれて。この事件は僕が必ず解決してみせる。何かわかったら知らせるから、安心して大学に戻っていいよ」

「ありがとうございます。すべてをお話しして、私も気が楽になりました。安息香さん、ありがとうございました」

「とんでもない。お役に立てて私も嬉しいわよ。何かあったら私から知らせるから。じゃあね、また会いましょう」

「失礼します」

鶴舞が帰ってから亜澄が言った。

「おい、こんな大事件とは思わなかったな」

「そうでしょ。猫の捨て子どころの話ではないでしょ？」

「それはそうだな」

「で、どうなんです。はじめの2件はやはり事故なんですか？　それとも1件は他殺なんですか？」

「他殺説は湊の遺書によるわけだろ。その遺書にどう書いてあったかだよな。『私が綾香を殺しました』とでも書いてあれば他殺だろうけど、そうでないとしたら、何とも言えないことになるな」

「それでは湊の自殺はどうです？」

「それは綾香の死の原因次第だろ？　もし湊が本当に綾香を殺したんなら、湊の自殺も考えられるな。しかし、もし綾香の死が事故だったとしたら、湊は何で自殺したんだ？って話になるだろ」

「なるほどそうですね。綾香の死の原因次第で事件の様相が大きく変わるってことですね」

「そうだと思うな。それとわからないのが最後の事件。被害者の名前は翔子って言ったっけ？」

「そうです翔子さんでした」

「どうも話を聞くと翔子は毒でも飲まされたように思うけど、原因は何なんだ？　何で殺されなければならなかったんだ?」

「何なんでしょうね? 先生、ここはやはり水銀《みずがね》さんに事件の細かいことを聞いてみたらどうでしょう?」

「そうだな。水銀に聞いてみよう」


水銀は警視庁の刑事をやっている。現在は東北管区警察局に出向して仙台にいる。亜澄は水銀に電話した。

「やあ、水銀、元気か?」

「元気だ。秋田は良いぞ、ナマハゲにカマクラだ。キリタンポもショッツルも最高だな。ハタハタのショッツル鍋は旨いぞ。骨まで食える」

「なんだ、秋田にいるのか?」

「ああ、今年に入って秋田県警に出張している。毎日飲まされている」

「なんだ、飲まされたなんて言いながら自分から飲んでるんだろ?」

「ま、そういうことだがな。どっちでも飲むことは同じだ」

「秋田にいるんなら丁度良かった。秋田国際大学のことでチョット聞きたいんだがな」

「秋田国際大学? 最近事件のあった大学だな?」

「そうだ、その秋田国際大学だ。そこのコンパで女子学生が死んだって話だが、何か知ってるか?」

「ああ、あの事件なら俺も臨場したから、およその事は知ってるが、それがどうかしたか?」

「あのコンパは大学の美術クラブの追悼コンパだったってんだな。そのクラブの女生徒が、俺の所に相談に来たんだ。事件の事を詳しく教えてくれないか」

「ああ、良いよ。学生の名前は象潟翔子、秋田国際大学、国際交流学部の2年生だ。美術部に属している。クラブのパーティーがあって、パーティーは6時頃から始まったらしい。そのパーティーの最中の7時頃に象潟が倒れたんで、主催者が警察と救急車に連絡を入れた。我々が駆けつけた時には被害者は既に心肺停止状態で、救急車で病院に運んだが死亡が確認された。死因は植物アルカロイド。毒物の種類は未定。そんなとこだな」

「そうかありがとう。話を聞くと他殺のようだな」

「ああ、一応、事故と他殺の両方で動いているが、事故で毒が入るはずも無いしな。俺は他殺と睨んでる」

「そうだろうな。ところで、最近ここのクラブで学生が何人も死んでいるのは知ってるか?」

「事故や自殺だろ? 我々も気にはしている。しかし事故や自殺として処理された案件では調査もしにくいしな。それがどうかしたか?」

「どうにも気になることがあってな」

「そうか、気になることとか? お前がそう言うんなら、どこかおかしいんだろうな。なんだ?

話してみろ」

「まず、自殺した湊だが、遺書があったってんだが、何て書いてあったんだ?」

「それは、今はわからないな。署に帰って調べなければ無理だ。明日でよかったら調べて返事するぞ」

「おお、ありがとう、待ってるぞ」


翌日、水銀から電話が来た。

「亜澄、昨日の件だがな。遺書には『とんでもないことをしました。死んでお詫びします』と書いてあった」

「とんでもない事ってのはなんだ?」

「それは我々も知らない。今調査中だ」

「そうか、この前このクラブの女生徒が俺の所に相談に来たと言ったな。その子がな、湊が自殺する前に変な噂がたっていたって言うんだな。事故死した新谷綾香は妊娠していて、その相手が湊だってんだな。ところが湊は綾香を邪険にしたんで綾香が自殺したっていう噂なんだそうだ」

「そうか、それで湊は自殺したって言うのか? そうすると、とんでもない事ってのは綾香を自殺させたってことになるわけか?」

「そういうことだな。しかし湊は自殺したんだからもしかしたら綾香を殺したのかもしれない。反対に言えば、もし綾香を殺していないのなら、湊に自殺するほどの責任は無いことになるわけだ。この場合、湊は殺された可能性も出てくる。ただ、問題は綾香が死んだ翌朝、亀田帆夏っていう女の子も事故死してるんだな。もし、これも湊が殺したものだとしたら話は違ってくる」

「綾香を殺したところを帆夏に見られたってことか？」

「そういうことだな」

「調べたところ、湊は大手の会社から内定通知を貰って大層喜んでたって話だ」

「そうか、すると女性を妊娠させた話が会社に聞こえては不味いと考えたかもしれないな」

「俺もそう思うんだ。綾香の死が事故か他殺かはわからない。しかし、帆夏は湊が殺した可能性が高い。俺はこの事件はもう一度調べてみたいと思っている」

「そうか、すると湊は自殺した可能性が高いことになるな。ところで湊の死因は何なんだ？」

「今のところ、植物アルカロイドとしかわかっていない。毒物の種類は未定だ」

「そうか、植物アルカロイドか。いろんな種類があるからな。湊が生物だとか化学科の学生だったらいろんな毒を知ってるだろうが、経済学科ではな。あまり毒物の事は知らないだろうな。この辺に普通に生えていて、毒性の強いヤツというと、あれだな」

「なんだ、そのあれってのは？」

「キョウチクトウだよ」

「そうか、葉っぱが長くて夏に赤い花の咲くやつか。あれはそんなに毒か?」

「ああ、あの毒性はモノスゴイ。あれを串に使ってバーベキューをした人が死んだ事件もあるくらいだ。鑑識に言って調べて貰った方がいいぞ」

「ああ、そうするよ。結果は後で知らせる」

　数日後、水銀から電話が入った。

「おお亜澄、お前の言う通りだった。湊の毒はオレアンドリン、キョウチクトウに含まれる毒だった。それにな」

「なんだ、他に何かあるのか?」

「ああ、このまえパーティーで死んだ象潟翔子だがな、鑑識に調べてもらったら同じ毒で殺されていた」

●キョウチクトウ

「なに、二人ともキョウチクトウか？　おい、それはとんでもないことだぞ。翔子が殺された時には湊は死んでしまってたんだからな。湊が翔子を殺せるわけがない。水銀これは湊と翔子が同じ犯人に殺された可能性があるってことだぞ！」

「それを証明するにはどうすればいい？」

「両方のキョウチクトウが完全に同じ物であることを証明するんだな。そのためにはＤＮＡ検査だ」

「よしわかった。早速調べて見る」

数日後、水銀から電話が来た。

「おお亜澄、決まったぞ。両方完全一致だ。これで二人を殺した犯人がいることになった。問題はそれが誰かってことだ」

「そういうことだな。湊と翔子の両方を殺さなければならない人物って誰かいるか？　二人の共通点って何だ？　何かあるか？」

「先生、ありますよ。二人の共通点。絵が好きだってことですよ。二人とも美術部なんですからね」

「そうだな、安息香の言う通りだ。今回の関係者はみんな美術部の部員だったもんな。そうか、美術に関係した利害関係か？　なんだそれは？」

「よくあるのは真贋問題ですね。ニセ物を描いて高く売るっていう手ですよね」

「安息香さんが言うのは、誰かがニセの絵を描いていて、それを湊と翔子に見つかったってことですか?」

水銀が安息香の言葉を受けて言った。

「学生がニセの絵を描くってのも難しいな。ニセの絵を描くのには相当高い技量が必要だろ。美術学校でもない大学の美術部の学生にそんなことができるかな? それより、模倣、盗作ってのはどうだ?」

「先生、それなら可能性がありますね」

「亜澄、でも、真似して描いてどうするんだ。どうせ、ヘタな贋作では、売っても直ぐ見破られて失敗するに決まってるだろ?」

「そうじゃないんだ。有名な絵のコピーを作るんではなく、だれか、うまく描いた人の絵を真似して、自分の名前でコンクールに出すんだよ」

「そうか、それで入選して賞金を貰うってことか。なるほど、それは良い手だ」

「良い手かどうかは別として、可能性はあるな」

「誰か、このクラブに近い人で、最近どこかのコンクールに入選した人はいないかな? その絵が湊か翔子の絵によく似ていたら、可能性があるな」

「先生。それだったら美術部の顧問の西目先生に聞いてみたらどうでしょう? 顧問だったら部員の絵を見てるでしょうし、美術展にも詳しいんじゃないですか？」

「安息香さん。それは良い考えですね。早速僕があたって見ますよ。どうだ、亜澄？　それでどうだ？」

「ああ、良い考えだと思うな。きっとなにか見つかるぞ。今回は安息香のおかげで周期表が完成するかもしれないいな」

「そうだといいな」


　数日後、水銀から電話が来た。

「亜澄、決まったぞ。お前と安息香さんのおかげだ。礼を言うぞ」

「そうか、決まったか。それは良かったな。で、誰だった犯人は？」

「副部長の岩谷恵子だった。彼女は部長の湊の絵を真似した作品で、かなり権威のある公募展に応募して奨励賞を取ったんだそうだ。それで湊にバレて文句をつけられる前に、噂をいい事に湊を自殺を装って殺してしまったんだな」

「そうか。で、翔子はなぜ殺されたんだ？」

「それはな、美術雑誌でその絵を見た翔子が湊の絵にそっくりなことに気づいて恵子に問いただしたんだそうだ。それで、真似したことが公になっては大変と思って翔子を殺したってんだな。実は恵子の絵が模倣だということは顧問の西目も美術雑誌で見て気づいていたそうだ。

それで、恵子の将来のためにも受賞は辞退させた方がいいなと思っていた矢先だったというんだな」

「そうか、公募展に入賞して喜ぶべきなんだが、人の模倣ではな。間違いは間違いとして、きちんと謝ればいいんだが、その機会を逃がすと面倒になるな」

「加害者も被害者も、みんなが不幸になるっていう大変な事件でしたね。でも千種さんのような若い後輩がクラブを立て直してくれるでしょう。先生、千種さんには私から知らせておきますね」

「ああ、そうしておいてくれ」

「亜澄、それと安息香さん。今度秋田に遊びに来てください。今回のお礼に秋田の味と地酒をごちそうしましょう」

「おお、それは良いな。でも安息香には気を付けろ。鍋は二人前、酒は一升はいくからな」

「先生、なんてことを言うんですか！」

「安息香さん、大丈夫ですよ。酒は菰被り《こもかぶ》り(菰で包んだ樽で4斗、40升入る)を用意しておきますからね」

化学解説編

【地熱発電】

日本は全国いたるところに温泉があります。温泉は火山の恵みであり、温泉の近くの地下には火山に由来する豊富な地熱エネルギーが存在することを示しています。資源の少ない日本にとってこの豊富な地熱は貴重なエネルギー資源です。使わない手はありません。

地熱は再生可能エネルギーとして最近見直されています。地熱は地球が存在する限り供給され続けるものであり、人間にとっては無尽蔵と考えていいでしょう。

地熱の利用法の主な物は地熱発電です。日本に置ける地熱発電は東北地方が盛んであり、特に秋田県、岩手県、宮城県の三県に多く建設されています。秋田県では南部の湯沢市近辺に、30～40メガワットクラスの地熱発電装置が何基も建設されて稼働しています。

地熱の起源

地球は巨大な原子炉のようなものです。ただし、現在の原子力発電所の原子炉が核分裂反応を利用しているのに対して、地球内部で起こっている原子核反応は原子核崩壊と言われる反応です。これは大きめの放射性同位体と言われる原子が各種の放射線とともに巨大な熱エネルギーを放出する反応です。この熱エネルギーがいわば地球の生命源であり、そのために地球は中心部が6000℃とも7000℃ともいわれる超高温となっているのです。

地球は半径1万3000kmの球であり、内部は層状構造となっています。最も外側は地殻と呼ばれ、我々の見慣れた岩石の層でできていますが、それでもところどころにはマグマと呼ばれる高温の熔岩部分があり、火山の活動源となっています。

地殻の厚さはわずか30kmに過ぎず、その下は温度数千度といわれる外部マントルになっています。地殻など、リンゴで言えば赤い皮の部分に過ぎず、大部分の白い部分は灼熱のマントルとなっているのです。このおかげで、地殻と言えど、深い所は数百℃~千℃の高温になっています。

地熱発電

この地殻表面の低温(常温)と地殻深部の高温という温度差を用いて発電しようというのが地熱発電です。

図は理想的な地熱発電の模式図です。地表から地下の深部にポンプで水を送り、地熱で暖めて水蒸気とします。この水蒸気を地表に回収してそれで発電機を回して発電します。冷却した水はまた元の深部に送り込むという仕組みです。熱以外の環境には手を付けないというのが重要な点です。

しかし、現在実際に行われている方式は、これとは少々異なります。現在の方法は、温泉方式というようなものです。つまり井戸を掘って地下から天然の高温水蒸気を採集し、それで発電機を回します。

冷却された水（水蒸気）は排水として環境に流し出すか、ポンプで地中に戻します。しかし、元の地層に戻すのではなく、かなり浅い地層に戻すのです。

●理想的な地熱発電の仕組み

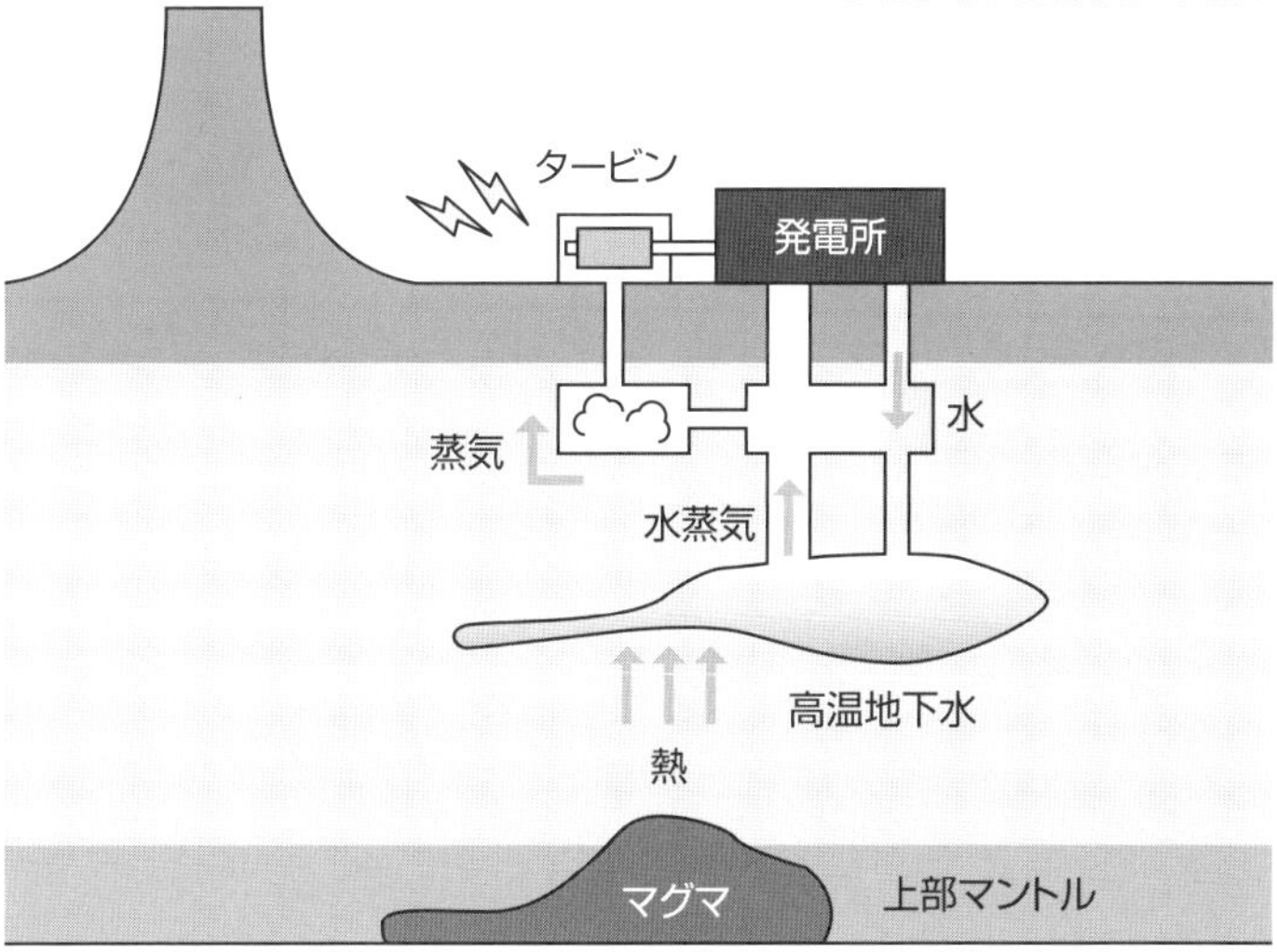

したがって、地下の水蒸気は使い捨てとなります。そのため、地下水の枯渇、あるいは地盤の変化など、環境が変化する可能性があります。

地熱発電の現状

地熱発電の技術で現在トップを行っているのが日本です。そのため、日本は世界各地で地熱発電装置を設置し、外貨獲得に一役買っています。

ところが、それでは日本では地熱発電が盛んかと言われるとそれほどでもないのです。現在の日本の地熱発電による総発電量は53万キロワットで世界第8位に過ぎません。

その原因の一つといわれるのが行政の壁です。すなわち、地熱発電に適した場所の多くは既に温泉となっていたり、国立公園などに指定されたりしています。国立公園では草木一本採集するにも許可が必要です。ということで、事実上なかなか建設許可が下りません。

将来法律の見直しが行われ、許可が出やすくなったら、日本の地熱発電は一挙に拡大するかもしれません。

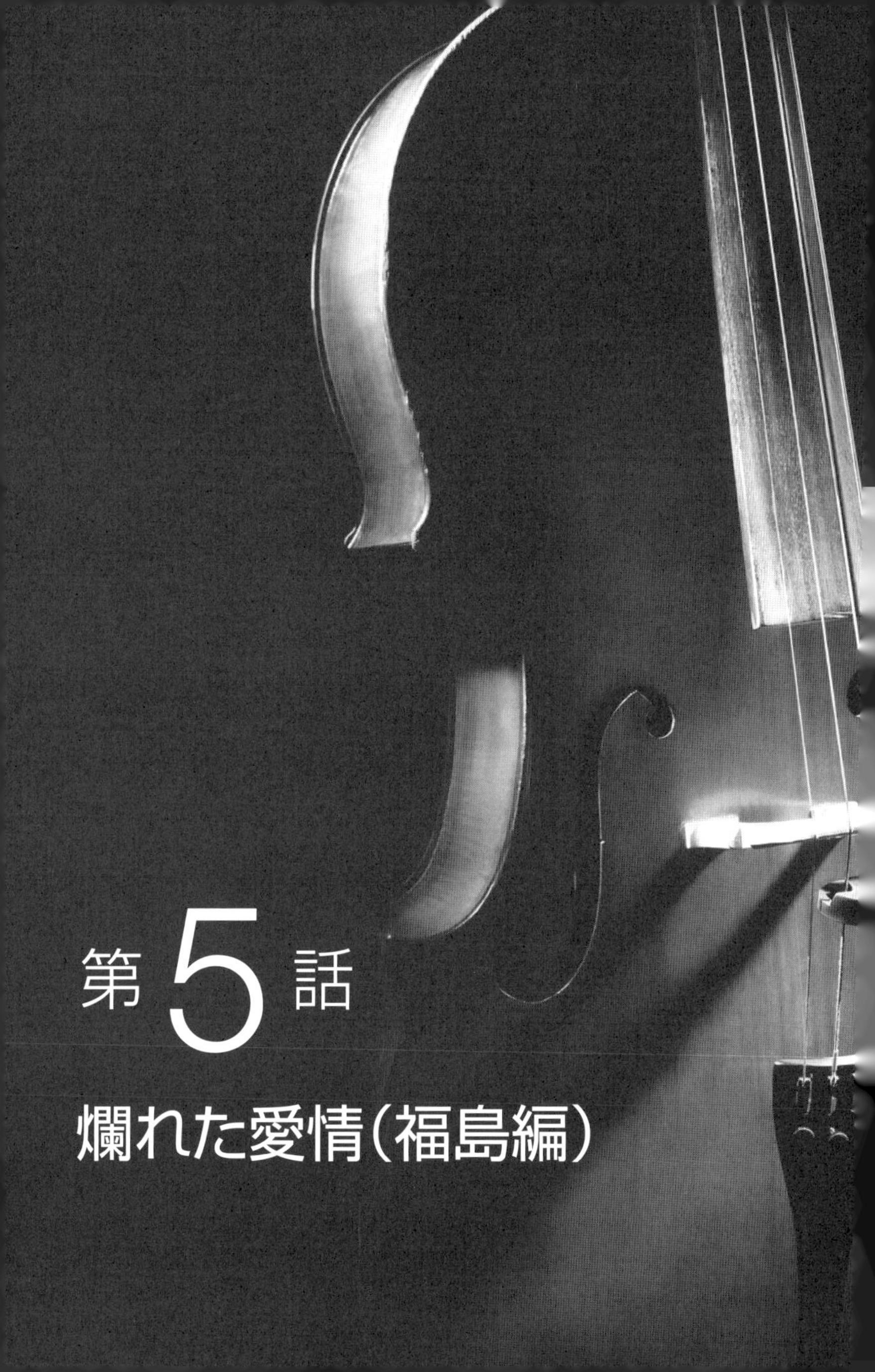

第5話
爛れた愛情（福島編）

～第5話　爛れた愛情(福島編)～

福島県は大きい県である。東北で岩手県に次いで二番目である。県は中央部の中通り地方、沿岸部の浜通り地方、西部の会津の3地域に大別される。北部から西部にかけての山岳地帯は日本有数の豪雪地帯として知られる。阿賀川の流域でもあり、多くの大型水力発電所が設けられている。群馬県との県境は湿地で有名な尾瀬となっている。

源頼朝による奥州征伐で奥州藤原氏が滅亡した後は、多数の関東武士団に細分化されたが江戸時代には松平氏会津藩が幕末まで続くことになる。

福島は自然に恵まれている。東は太平洋の恵みに接し、西は深山幽谷《しんざんゆうこく》の恵みに接する。

◉五色沼

深い水を湛えた猪苗代湖があり、生命の揺籃《ようらん》といえる湿地があり、歌で有名な会津磐梯山がそびえる。磐梯山は活火山であり、1888年には大爆発を起こしている。このときできた窪地に水が溜まってできたのが五色沼であり、磐梯朝日国立公園内に散在する200余りの湖沼群である。イオン、沈殿物、バクテリア、水深などの違いにより、赤、青、緑など、種々の色を醸し出すことから五色沼といわれる。

また、福島、新潟、群馬に掛けては日本を代表する湿地であり、自然である尾瀬が広がっている。

広い県だけに、浜通りの魚介類から中通り、会津地方の山の幸までその種類は多いが、特色あるものの一つに、会津地方で作られる身欠きニシンのしょうゆ漬けをあげることができるであろう。これは冬の保存食の一つであり、昔はどの家庭でも作られたそうで、そのための専用の容器がある。陶器で作った長方形の深鉢であり、ここに身欠きニシンを一列に並べる。その上に山椒の実を撒き、さらにまたニシンを重ねる。これを繰り返した後、醤油をベースにした漬け汁を満たして保存する。しかし、現在全国ブランドとして有名なのは喜多方のラーメンかもしれない。

特産品としては会津塗の名前で親しまれた漆器がある。漆器というと芸術品に近い輪島塗があるが、会津塗は一般家庭でも使えるものとして重宝されている。

＊＊＊

福島市にある私立福島総合大学の経理課事務職員の塩沢紀子は34歳の独身である。会社員であった父は紀子が高校に入った年に交通事故で亡くなった。その後は母一人子一人の家庭となったが、親子助け合いながら幸せにくらしてきた。その母が歳老いてから病弱となった。

幸いなことに父が資産を残してくれたので生活に困ることは無かったが、紀子が母の面倒を見なければならないことになった。その母も今は老人ホームに入居している。紀子は時折面会に行く程度である。そのような事情で紀子は結婚が遅れた。美人で人柄が良い紀子は誰にも好かれ、同性の友達も多く、また多くの男性から好意を持たれている。しかし紀子は誰とも結婚を前提とした交際はしていなかった。

同じ大学の理学部生物学科の准教授、横田俊介は41歳の独身である。出身は宮城県の仙台市だが、現在は福島市のマンションに住んでいる。紀子に以前から好意以上の愛情を持っていた。予算の執行状況の打ち合わせなどで経理課に顔を出した時は、必ず紀子の机に立ち寄って一言二言話しをするようにしている。紀子もいつもにこやかに話しを返している。

どこにでもある教官と事務職員の関係である。とりたててどうこう言うようなものではない。しかし横田は、二人の関係はそれ以上のものであると勝手に思いこんでいたのかもしれない。

とはいっても紀子と横田の接点は、紀子が中学校時代に仙台に住んでいたことがあるというだけで、大した接点でもない。かといって特別に話題になるような共通の趣味などがあるわけでもない。勢い、話しかけるにしてもそのうち話題が無くなってしまう。大体横田は話が下手で、話題の守備範囲が狭く、無理に話そうとしても面白味が無く、話が広がっていかない。

授業だってその通りである。今時の学生は真面目さだけでは話を聞いてくれない。暗くて面白味のない教官というのが、学生が下した横田の評価である。

横田は紀子と結婚したいと思っているが、性格の暗さと理工系男子特有の内気さから、まだ打ち明けられないでいる。話のついでにお茶に誘おうかと何回か思ったが、断られたらどうしようと思うと言い出すことができなかった。手紙を出そうと、書いて封筒に入れたこともあるが、なんとなく気が引けて出さず終いになっている。

出張のついでに土産を買ってきたことも何回かあったが周囲の目が気になって、紀子に渡したことは一度も無かった。ただ悶々として日を過ごしているだけだった。

横田の講座の隣の講座の教授、越川修も紀子に好意を持っているようである。越川は48歳であるが独身である。

以前に一度結婚したことがあるが、間もなく奥さんが病気で亡くなった。それ以降は再婚することも無く、独身を通している。子供もいない。仲間内ではプレイボーイで通っている。学生もそのような目で見て、ある意味人気教授である。教科書に書いてあるようなことだけでなく、その時その時ニュースに上った話題を巧みに取り上げた講義は、時折挟む雑学とともに学生に喜ばれた。特に女生徒に人気があった。

そのため卒研配属では越川の講座に女生徒が押しかけ、越川の講座に配属されるためには、例年、ジャンケンかアミダクジに勝ち残らなければならない事になっていた。

そのようなことだから、越川は横田とは反対に「理系にあるまじく」、全てに関してすこぶる積極的である。男女関係にも同様であり、何臆することなく、盛んに紀子に話しかけている。出張の折にはみんなで食べるようにとか言って手土産を渡している。同僚も喜んでいる。そんなこともあって、紀子も越川を悪しからず思っているようである。二人はときどきは食事も一緒にしているようである。

このまま行ったのでは越川が紀子を射止めそうな勢いだ。あんなチャラチャラした男のどこが良いのだ。年だって14歳も離れている。あんな男が紀子に近付くこと自体がおかしいんだ。横田は毎晩一人で思い悩んだ。

ある時、街を歩いていると、ホテルから越川と紀子が連れ立って出てきた。時間は昼過ぎだし、レストランが美味しいことでも知られたホテルである。別に変な意味は無く、二人で単に昼食でも取ってきたのであろう。ホテルを出た後も二人でショッピングをしながら、何か楽しそうに歩いている。

紀子はレストランでもらったのか赤いバラを一輪持っている。横田はかつて女性とあのように話しながら街を歩いたことなど一度も無かった。二人の様子を見ていると横田は越川が無性に悔しく思えると同時に、自分がみじめに見えてきた。


横田の紀子に対する想いは、越川という、いわば叶わないライバルの出現によって実際以上に拡大されて横田に覆いかぶさった。これ以上紀子と越川によって自分の感情を支配されたのでは平常心を保てない。横田はそこまで追い詰められていった。

思い悩んだ挙句、横田は越川を抹殺しない事には自分がおかしくなるとまで思うようになった。しようが無い。こうなったら越川を消す以外無い。横田は決心した。問題はどうやって越川を殺すかだ。そうだ、弁当を利用しよう。横田は良い手を考え付いた。

独身の越川は毎日昼食に配達弁当をとっている。弁当は松花堂弁当の形式をとっており、弁当箱は使い捨てではない。回収してまた使う。配達のときに、部屋に越川がいれば直接手渡すが、いないときには配達員は部屋の前の廊下に置かれた低いロッカーの上に弁当を置いていく。

弁当は蓋がされただけの簡単なものであり、弁当にもロッカーの上の置き場所にも、特別の安全装置は無い。越川は外出から戻ってきたときに弁当をとって部屋に入り、食べた後は空弁当をロッカーの上に戻しておく。適当な時間に弁当屋が弁当箱を回収に来るというシステムである。

隣り合った講座に属する横田と越川は、教官室が同じフロアにある。横田は廊下を通りがかった風を装って越川の弁当の蓋を取り、おかずの煮物にトリカブトの汁を振り掛けた。越川は何も知らずに自室で、一人で弁当を食べ、一人で死んでいった。

午後2時頃、越川に用事があった学生が教官室に来た。ノックしたが返事が無い。しかし教官が部屋にいるかどうかを表示するインジケーターでは越川は部屋にいることになっている。変に思ってもう一度ノックをしたのち、返事が無いのを確かめてノブを回した。鍵は掛かってなく、ドアはそのまま空いた。

部屋の内部を見ると越川が机の上に伏している。もしかして寝ているのかと思って、呼んでみたが返事が無い。どうしたのかと近づいて見ると様子がおかしい。何事かと、肩に手を掛けて起こそうとして驚いた。越川はそのまま椅子から床に崩れ落ちた。

学生の悲鳴を聞いてフロアにいた教官、学生が廊下に飛び出してきた。越川が死んでいると言うので研究棟の建物中がパニックになった。直ちに警察と救急に知らせが飛んだ。

救急車が到着した時には越川は心肺停止状態であり、病院に搬送されて死亡が確認された。警察の調べで越川の死因は毒物中毒であると思われたものの、毒物は特定されなかった。毒物が何に入っていたのかも不明であったが、警察は念の為、越川の部屋にあった食物、飲み物関係の物は全て証拠品として押収した。

最も疑わしいのは、廊下に置いてあった弁当であった。誰かが弁当に毒物を混ぜたのであろうと思われた。警察の調べがはじまった。警察は建物の同じフロアにいる教官はもちろん、学生、事務職員に至るまで全員から事情を聞いた。

理学部の研究棟では、廊下に人が出ていることは滅多にない。皆が実験室で実験をやっているか、教官室でゼミをやるか、あるいは報告を読み書きしている。ということは、たとえ廊下に不審者がいたとしても誰も気づかないということである。事情聴取でも不審者の目撃情報は得られなかった。警察の調べでは特定の容疑者は浮かんでこなかった。

しかし、紀子は横田に疑惑を感じた。越川と横田は講座が違うとはいうものの、同じ生物学科の教授と准教授である。時折予算の話などで、紀子の所で一緒になることがある。ところが、先に横田がいる場合、越川は「やーやー」という感じで話に加わろうとするのに、越川が先にいると横田は寄ってこない。ちらっと紀子の席を見て越川を見つけると部屋を出てしまう。しばらくして越川がいなくなった頃に改めてやってくる。

そのくせ横田は紀子に越川のことをいろいろと聞きたがった。どんな理由があるのか知らないが、越川を相当意識しているようだった。そういえば、越川は亡くなった日の午前中に私の所に予算のことで相談に来た。その時に変なことを言っていた。

「このところ、隣の講座横田准教授がおかしいんだよ。廊下で僕を見ると逃げるように自分の部屋に戻ってしまう。顔を合わせても目をそらすようにして挨拶もしない。なんだか知らないが僕を嫌っているようなんだ。もしかしたら、僕が君の所に来るのを嫌がっているのかも知れないな。君を僕に取られるとでも思っているんでないかな？　ハハハ、オカシイだろ」

その時はまさか、と言って冗談と思って聞き流した。しかし、今思ってみるとたしかにおかしい。あれだけなんだかんだと言って、私の元に来ていた横田が、越川が亡くなってからというものはまったく寄ってこなくなった。まるで越川が亡くなったことに責任を感じているようである。何かあるのではなかろうか？

考え始めると気になってしょうが無い。紀子は予算のことで相談があると言って横田を経理課に呼びだした。本題の予算の話が済んでから、ついでを装って、越川の事件のことをいろいろと聞いてみた。

越川はなぜ死んだのか？　毒物は何だったのか？　弁当屋が弁当を置きに来るのは何時頃なのか？　その弁当の蓋はロックしてないのか？　その気になれば弁当に毒を入れるのは可能なのか？　その時間帯、同じフロアの教官や学生は何をしていたのか？　貴方は部屋にいたのか？　倒れている越川を発見したのは誰なのか？

紀子は俺のことを怪しんでいる。横田はそう思った。紀子は俺のことを探り出そうとしている。そう確信した横田に残っているのは保身だけだった。愛情を感じるゆとりなど無くなっていた。越川が消えると同時に紀子に対する愛情も消えていた。愛情と思ったのは、結局は紀子と越川という相反する対象によって作り出された虚空の虚像だったのであろう。

こうなったら紀子には消えてもらわなければならない。もしかして紀子が友人に余計な事を話して、変な噂が学内に広がったら大変だ。警察は内部犯行と睨んで捜査しているだろう。そんな時に俺に疑惑の目が向いたら面倒になるだけだ。一刻も早く紀子には消えてもらわなければならない。

夕刻、横田は大学を出て家に向かう紀子の後を着けた。紀子がアパートのカギを開け、室内に入ろうとしたその瞬間に紀子の後ろに駆け寄った。驚きのあまり声も出ない紀子を室内に押し込み、ドアをロックした。こうなると紀子が少々の大声を出しても外部には漏れない。機密性の高い現代アパートの隠れた弱点である。

横田は紀子の顔にクロロホルムを滲みこませたハンカチを押しつけた。失神した紀子を風呂に運んだ。湯船にお湯を張った後、紀子の左手を湯船に入れ、キッチンから持ち出した包丁で手首を切った。風呂が赤く染まった。包丁は紀子の右手に握らせた。

紀子のパソコンを開いて、越川が亡くなったので後を追うとの遺書を打ち込んだ。低融点合金で鍵を複製し、鍵を掛けてマンションを後にした。

紀子が二日間も無断欠勤した上、携帯でも連絡が付かないことを不審に思った同僚の大学事務局員が紀子のアパートを訪ねた。部屋は鍵がかけてあったので、管理人を呼んで開けてもらった。室内を二人で見て回るうちに風呂場で紀子が自殺しているのを発見した。警察は風呂場の状況とパソコンに遺された遺書から、紀子が越川の後を追って自殺したものとして処理した。

＊＊＊

紀子の同僚の由美は事件に不信感を覚えた。紀子と越川は確かに仲がよさそうだったし、時折、食事もしていたようである。しかしそのような時は、紀子は由美に越川とどこへ行って何を食べたとか、越川がこんな面白いことを言ったとかと、由美に屈託なく話してくれた。とても結婚を前提のお付き合いとは思えなかった。まして越川が死んだからと言って紀子が後を追って自殺するなんて、まったく考えられない。

そういえばと、由美は越川が亡くなった日の午前中に紀子と越川の無駄話を聞いたことを思い出した。それは横田の様子が最近変だと越川が話しているものだった。

もしかしたら、この事件には横田が関係しているのではないか？　そういえば横田と越川は同じ学部で同じ生物学科だ。ということは同じ研究棟にいる。教官室の配置図を見ると、横田と越川は同じフロアに入っていた。これは何かある。

由美は横田の講座の助教水沼の恋人であった。二人は結婚を約束している。由美は水沼に自分の推測を話した。はじめは単なる噂話のつもりで聞いていた水沼は、話に思い当たる節があることに気付いた。たしかに最近の横田はおかしい。始終何かを考え続けているようであり、心ここに在らずという状態である。なにかオドオドしている。あんな状態では研究などできないのではないだろうか？　そういえば教授も不審に思っているようだ。

学生の教育もうまく行っていないようであり、卒研に関する助言でも横田に着いた学生が准教授の横田をあてにせず助教の自分に助言を求めて来る。反対である。

これは何かある。もし由美の推理が当たっているとしたら大変なことだ。真相を調べて、もし本当なら、自首させるとか、しかるべき手段を取るのが助教としての自分の務めというものだ。と思ったところで、水沼は自分でもハッとするようなことを思いついた。

そうだ、これを元に横田を脅して退職させたらどうだ。そうすれば俺が准教授になれる。

水沼はある夜、横田の教官室を訪ねた。同じ講座の准教授と助教である。訪ねるなどという大げさなものではない。しかし最近横田の様子はおかしい。なんとなく横田の部屋に入るのには抵抗があるが、そんなことには気づかない様子で、わざとさりげない様子をよそおって横田の部屋に入っていった。

横田は迷惑そうな顔をしたが、一応、椅子をすすめた。

「水沼君、どうしました？　なにか用事ですか？」

「用事ってほどでもないんですけどね。先日の越川教授の殺人事件が気になりましてね」

「ああ、あの件ね。未だ犯人は上がってないし。警察は何をしてるんだろうね？」

「何をしてるんでしょうね。きっと、なんだかんだと調べてはいるんでしょうが、証拠が見つからないとかってことなんではないでしょうか？」

「そういうことかな」

「それに今度は事務の女性が自殺でしょ。大変ですよ。うちの大学は」

「でも、あの女性は自殺だったんだろ？　事件性は無いんじゃないの？」

「ええ、一応そうなってますけどね。でも、周囲の者は自殺した女性と越川先生の間には、ただの友人関係しか無かったって言うんですよ。女性が越川先生の後を追って自殺するなんてありえないと言うんですよ」

「それじゃ、女性はなぜ自殺したの？」

「あれは自殺じゃないんですよ。あれも殺人なんですよ。犯人は越川先生を殺した男ですね。それが女性にバレそうになったんで、殺して口を塞いだんでしょうね」

「恐ろしい話だな」

「そうですよ。恐ろしい話ですよ。そんな男が身の回りにいたとしたら、こんな恐ろしいことはありませんよ」

「だれかな、そんな恐ろしい男は？」

「おや、変なことを仰いますね」

「変な事？　何のことだね？」

「それは先生が一番よく知ってるんじゃないですか？」

「なに？　僕が知ってるって？　何を言うんだ君は。変なことを言うと許さないよ」

「オヤオヤ、許さないってどうするって言うんですか？　警察にでも行きますか？　私は構いませんよ。警察に行って調べてもらいましょう。でも先生、そんなことをしても、私にも先生にも何も良い事はありません。それより、僕と取引きしませんか？」

「取引きだって？　なんだ？」

「僕は警察になんか何も言いませんよ。その代わり、先生は大学を辞めてください。殺人犯として警察に捕まることを考えたら、それくらいの事なんでもないでしょ？」

「僕に大学を辞めさせて君はどうするつもりなんだ？」

「先生が辞める時に、後釜として僕を強力に推してくれれば良いんですよ」

「そうか、それが君の魂胆か？　ひどい男だな」

「何を言うんですか。二人も殺した先生に比べれば可愛いものですよ。良いですか？　お願いしますよ。直ぐにともいかないでしょうが、今週中くらいにははっきりした返事をお願いしますよ。私も気は長くないんで」

　数日後の土曜日午前、横田は水沼のマンションを訪ねた。突然の来訪に驚いたが水沼はとにかく横田を部屋に上げてソファをすすめた。部屋に入った横田は突然床にひれ伏し、絞り出すような声で言った。

「水沼君、許してくれ。多分、君が想像している通りだ。全く魔がさしたとしか言いようがない。こうなったらもうジタバタしても仕方が無い。君の言う通りにする以外無いと思う」

「そうですか、覚悟しましたか。そうです。それが一番良い方法だと思います。私も警察に届けようなどという気持ちはありません。先生さえ退職して、その時に私を推薦して下されば全て良くなりますよ」

「私もそう思うようになった。君にはいろいろ世話になると思うがよろしく頼む」

「いいですよ。ま、そんな所に座ってないで椅子に腰掛けて下さい。今、コーヒーを入れましょう」

　そう言うと水沼はキッチンにコーヒーを入れに行った。2杯のコーヒーを盆に入れて水沼が戻ってきた。コーヒー椀をテーブルに並べると横田にコーヒーをすすめた。興奮で震える手を鎮めるため、両手でカップを持った横田だったがそれでもコーヒーをこぼしてしまった。あわてる横田に対して、良いです、良いです、とか言いながら水沼は手拭を取りにまたキッチンに立った。その隙に横田はポケットに忍ばせてきたコニインを水沼のカップに入れた。

キッチンから戻った水沼はテーブルを拭くと、自分のコーヒーを飲んだ。しばらく話を続けると水沼はソファの上に崩れるようにして倒れ込んだ。横田は二人のコーヒーカップを洗って食器棚に戻し、合鍵を作ってマンションに鍵をかけ後にした。

月曜日に無断欠勤をした水沼を心配して配属の学生が携帯で水沼に連絡した。呼び出し音は鳴るのに返事が無いのを不審に思った学生が教授に連絡し、学生が水沼のマンションに行くことになった。インターホンを押しても返事が無いので管理人を呼んで開けてもらうことにした。部屋のソファには水沼が倒れていた。警察は心不全による突然死として処理した。

みなさん、安息香です。恐ろしい毒物による連続殺人事件が起きました。亜澄先生はどのようにして犯人を特定するのでしょうか？　それではトリック解明編をお楽しみください。

トリック解明編

「先生！　亜澄《あずみ》先生！」

「オッ、安息香《あすか》どうした？　また事件か？」

「また事件かって聞かれると抵抗がありますけどね。その通りなんで文句は言えませんけどね。実は、相談に来た友人がいるんですよ」

「なんだ、安息香の所に相談に来るお友達って？　まさかネコのお母さんじゃないんだろうな。誰か私の赤ちゃんをもらってくれる人はいないでしょうか？　なんてな。可愛いぞネコの赤ちゃんは。だけど俺はもらう訳にいかないからな。俺のマンションは動物禁止なんだよ。安息香が面倒見るしかないからな」

　二人の会話はいつもこんな調子で始まる。

「何をバカなことを言ってるんですか？　違いますよ。大学の事務に務めている友人ですよ。先日仙台の地元音楽家の演奏会に行った時に、たまたま一緒になったんですけどね。福島の大学に務めているんだそうです。普段は福島市のマンションに住んでるんですけど、週末などには実家の仙台に戻って来るんだそうですよ」

「そうか、それで何の相談なんだ？　何か事件か？」

「それが、未だ事件かどうかわからないんですけどね」

「なんだ、それは。勿体付けないで話してみろ。なにか力になれるかもしれないだろ」

「ホントですか?」

「なんだ、ホントですかってのは?」

「実はその友人に約束したんですよ。私の研究室に凄い先生がいて、どんな事件でもたちどころに解決してくれるって言っちゃったんです。とにかく彼女の話を聞いてやってください。変なことは変な話なんですよ」

「なんかまた安息香の話術に引っ掛りそうだな。俺は人が良すぎるのかな。いつも簡単に安息香に引っ掛る」

「ま、そう仰らずに、そこが先生の良いとこなんですから。男はあきらめが肝心ですよ。それでは来週にでも彼女に研究室に来てもらいましょう」


次週の土曜日、安息香の友人が亜澄の研究室に来た。

「先生、友人の橘弥生さんです」

「お初にお目にかかります。橘弥生と申します。本日は安息香さんにご紹介頂きましてお邪魔いたしました。どうぞよろしくお願いいたします」

「あ、どうも、亜澄錬太郎です。ここの助教をしております。よろしくお願いします」

「ね、弥生さん。チョット頼りなさそうに見えるでしょ? でも本当はすごいんですよ。これまでに解決した殺人事件は50件を超すんじゃないかな？」

「安息香、あまりホラを吹くんじゃないよ。弥生さんが驚いてるんでないか」

「あら、けっしてホラじゃないですよ。弥生さん、何でもいいから話して相談に乗ってもらった方が良いですよ」

「ありがとうございます。ぜひお願いします」

「わかりました。せっかく来て頂いたんですから、できる限りお役に立つようにします。どうぞお話ください」

「はい、私は私立福島総合大学の事務に務めているんですけど、実は去年から、うちの大学の職員が続けて亡くなっているんです。それで心配になってご相談に伺いました」

「福島総合大学ですか。東北地方の私立大学では大手ですよね。学部も文学部、経済学部、理学部、工学部などがありましたね」

「よくご存知で恐れ入ります」

「それで職員の方が続けて亡くなるってのはどういうことですか？」

「実は、最初に亡くなったのは理学部生物学科の越川教授なんです。50歳ほどの独身のお洒落な教授でした。半年ほど前のことでした。研究室の卒研生が、質問があって教授の教官室に行ったそうです。ところが、インジケーターは在室になっているのにノックをしても返事が無いので、おかしいと思ってドアを開けたところ、部屋の奥の机の前で教授が椅子に腰掛けたまま亡くなっていたそうです」

「そうですか、それは学生さんが驚いたでしょう。で、死因はなんだったんですか?」

「警察の調べでは毒物による中毒死ってことでしたけど、毒物の種類は特定されていないそうです。毒物が何に入っていたかも存じません。警察はわかっているのかもしれませんが、私どもの耳には入ってきません」

「そうかもしれませんね。警察は重要な知見は秘密にしておいて、後で犯人と思われる容疑者が捕まった時に、その人が本当に犯人かどうかを特定する時の手掛かりに使いますからね。本当の犯人で無ければ知りえない秘密の暴露ってやつなんですよね」

「そうですか。そんなことをするんですか、警察は」

「そうですよ。警察もいろいろな手を使いますからね。そうでないと年々狡猾になっていく犯人に追いつかないんですよ」

「大変ですね。警察も」

「ええ、多分、大変な仕事だと思いますよ。それで次の事件は?」

「はい、次の事件はそれから3カ月ほど経ってから起きたんですが、これは事件とは言えないかもしれません」

「というのは?」

「自殺だからです。ただ、自殺したのは私たちの同僚でした。経理課の塩沢紀子さんという素敵な方でした。家庭の事情で、独身でいましたけど、男性に注目されている方でした」

「そんな方がなぜ自殺なんかしたんです?」

「それが、遺書が残されていたんだそうです。何でも、越川教授が亡くなったので、後を追うというようなことが書いてあったそうです」

「今時、後追い自殺ですか? 信じられないな。それで自殺の手段は何だったんです?」

「何でもお風呂場で手首を切っていたそうです」

「なんか、痛そうな自殺ですね。それで、事件はそれで終わりですか?」

「いえ、まだ続くんです。次は、また理学部生物学科なんです。今度は先ほど亡くなった越川先生の講座の隣の講座の助教の水沼先生でした。しかし、これも事件ではなく、今度は病死でした。警察の調べでは心不全だったそうです」

「警察の調べではってのは普通の病死ではないってことですか?」

「はい、そのようなんです。水沼先生が大学に出てこられないんで心配した学生がマンションを訪ねたそうです。そうしたところ、先生はソファの上で亡くなっていたそうです」

「そうですか。僅か数カ月の間に3人の方が亡くなっているということですね。教官が二人と事務員が一人ですね。死因は教授が明らかな毒殺、女性事務員は手首を切った自殺。そして助教は心不全。なるほど、確かにおかしいですね」

「先生、でも警察の眼から見ると、明らかな事件は教授の件だけですよね。あとは自殺と自然死ですよね。だから警察は大した事件ではないと思っているのかもしれませんよね」

「しかし、このようにまとめて見ると、これはやはりおかしい。隣同士の講座で教授と助教が立て続けに亡くなるなんてのは滅多にあることではない。わかりました。弥生さん、これは不思議な事件です。私が調べて見ます。なにかわかったら安息香を通じてお知らせしましょう」

「ありがとうございます。そのように仰っていただけると私も安心できます。本日は本当にお訪ねして良かったと思います。ありがとうございました」

「良かったね、弥生さん。これまでに亜澄先生が引き受けて解決できなかった事件は無いからね。きっとうまくいくと思いますよ。良い知らせを待っていてください」

「安息香さん、よろしくお願いします」


弥生が帰ってから亜澄が安息香に言った。

「どうだ、安息香？　何か変だな？」

「ええ、十分に変ですね」

「まず、一つの大学で3カ月ほどの間に3人が亡くなったということだよな。いくら偶然とは言っても、頻度も密度も高すぎる」

「そうですよね。その上最初の教授と最後の助教は同じ生物学科でしょ。それも隣同士の講座ですよ。これで何も無いと言うほうがかえって変ですよ」

「その上、自殺した女性事務員が教授の後追いと言うんだから、3人とも何かで関係していると見ていいんでないかな？」

「そうですね。それにしても今時、後追い自殺ってあるんですかね。江戸や明治の時代ならともかく」

「そうだよな、たしか明治時代に自殺した乃木希典将軍は明治天皇の後を追ったんだったな」

「そういう話でしたね。昔は殉死とかいって美談扱いされたようでしたね」

「確かそうだったな。でもあれ以来、明治政府は殉死を禁止したんだよな」

「そうでしょうね。こんなことで折角の人材がいなくなったんでは、政府だって大変でしょうからね」

「とにかく、弥生さんの話だけでは細かい所がよくわからない。水銀《みずがね》に聞いてみるか？　たしか水銀は今仙台に来ているはずだから」


　亜澄は刑事の水銀に電話した。

「やあ、水銀、元気か？　どうだ、仙台は？」

「ああ、いいな。空と緑がきれいだし、魚が旨い」

「そうか、水銀は魚が好きだったな」

「ああ、そうだ。こちらのホヤなんか最高だな。やっぱりホヤは獲れたての新鮮なやつに限る。

香りが違う。それに牛タンも旨いな。厚切りの塩焼きは応えられないな」

「そうか、それは良かったな。食いすぎて太るなよ。ところで今日はちょっと聞きたいことがあって電話したんだがな」

「よしよし、わかってる。お前が電話してくるなんてのは、事件の事を聞きたい時だってことはわかってる。それでどの事件だ？　聞きたいってのは？」

「特定の事件ってわけではないんだがな。警察では掴んでるかな？　福島に福島総合大学って私立の大きな大学があるんだよ」

「ああ、知ってる。そういえば3、4カ月前にそこの教授が殺された事件があったな」

「その事件だ。ところが事件はそれだけではないんだ」

「なんだ？　それだけでないってのは？　他に殺人が起きたってのか？」

「いや、それがわからないんだ。問題はその大学でこの3、4カ月の間に教官二人と女性事務員一人の併せて3人が連続して死んでるんだな」

「なんだ？　3人が連続して死んだ？　それは連続殺人事件でないか？　大問題だぞ」

「殺人事件とハッキリしてるのは教授の事件だけなんだ。他の2件は自殺と病死なんだ」

「そうか、自殺と病死か。それじゃ警察は動かないな。どうりで俺の耳にも入ってこないわけだ」

「その通りなんだ。警察は1件の殺人事件として追っているけど、俺はその周囲に2件の自殺、病死が付いて回っているような気がしてならないんだがな」

「すると、お前の考えでは、その自殺と病死も、実は他殺かもしれないってことか？」

「ああ、そうなんだ。そんな気がしてならない。だって一つの大学で4カ月の間に3人だぞ。そのうち二人は隣同士の講座の教授と助教だ。そして、自殺した女性事務官は殺された教授の愛人だったって言うんだ。おかしいだろ？」

「そうだな、十分におかしいな、わかった。調べて見る。後で電話する」


翌日、水銀から電話が来た。


「おお、亜澄。わかったぞ。被害者は理学部生物学科の教授、越川修で年齢は48歳。毒殺で毒物は植物アルカロイド。種類は特定されていない。毒は配達した弁当に入っていた。この弁当は、本人が留守の時には部屋の前の低いロッカーの上に置いとくんだそうだ。鍵も何も無いので、通りがかりの者が蓋を開けて毒を入れるのは簡単だな。物騒な限りだ。いくら何でも危険すぎるんで警察が注意したら、この事件以降、サランラップで厳重に包むように改良したって話だ」

「そうか、そんな危ないことをしていたのか。それで女性事務員の方はどうなんだ？」

「ああ、こっちは経理課の女性、塩沢紀子で34歳だな。自分のアパートでの自殺だな。大学に出てこないんで不審に思った同僚が見に行ったら風呂で手首を切って死んでいたそうだ。机の上のパソコンに遺書が入っていたということだ」

「そうか、遺書が自殺の決め手だな」

「ま、そういうことだな。そして最後の助教だが35歳の男性、名前は水沼健一。殺された教授と同じ理学部生物学科で講座は隣同士だ。死因は心不全。こちらも大学に出てこないんで学生が見に行ったら部屋のソファにうずまるようにして死んでいた。救急車で病院に運んだが心不全で死亡、ということだ」

「そうか、で自殺と病死は確かなのか?」

「確かなのかってことは、他殺の可能性は無いのかってことだな? それは何とも言えない。しかし、今となっては遺体は焼かれているし、証拠は無いし、でお手上げだな」

「いや、そうでもないぞ。最近では不審死の場合には血液を保存して置くことがあるからな」

「そうだな、血液を再鑑定してもらうか?」

「ああ、そうしてくれ。それに、この事件では生物学科の者が二人絡んでいるからな、もし毒物を使ったんならありふれた青酸カリなんかでなく、自分のよく知っている植物毒を使っている可能性があるからな。その辺に注意するよう鑑識さんに言っておいてくれ」

「そうか、植物性の毒か。例えばどんなものがあるんだ?」

「そうだな。一番ありふれたものは、トリカブトとコニインだろうな。どちらもこの辺で自生している。生物に関係した研究をやっている者なら、このような植物から毒成分を抽出するのは簡単なことだ。それから、自殺した女性事務員の血液は睡眠薬を調べておいてくれ」

「そうか、わかった。鑑識に言っておく。結果が出たら電話するから」

「ようし、待ってるぞ」

　脇にいた安息香が言った
「先生は殺された教授だけでなく、女性事務員や助教の先生も毒物で殺されたって思ってるんですか?」

「ああ、その可能性が高いと思う。助教の死因の心不全なんてのは病気とは言えないからな。毒で死んだって、何で死んだって、最後は心不全だ。心不全ってのは死因がわからない時のお医者さんの最後の切り札みたいなもんだよ」

「手首を切って自殺したっていう事務員の女性も毒ですか?」

「いや、あれの直接の原因は手首を切ったことによる出血多量だろうな。しかし、あの自殺法では偽装自殺がよくある」

「ああ、犯人が被害者の手首を切るってことですね」

「ああそうだな。で、その場合、犯人は被害者を大人しくさせるために睡眠薬などを用いることがあるな」


　翌日、水銀から電話が来た。

「おお、亜澄。大したもんだ。当たったぞ」

「そうか、当たったか。で、どうだった?」

「ああ、教授からはトリカブト、助教からはコニインが出てきた。ドクニンジンの毒だそうだな。鑑識が驚いていたぞ」

「やはりそうか。コニインは遅効性だからな。それに痛みも苦しみも無い。本人もわからないうちに死んでしまうんだな。とにかく、これで教授と助教は殺されたことがハッキリしたわけだ。問題は犯人は誰か、ということだ」

「そうだ、そういうことだ。で、誰だ犯人は?わかるか?」

「そんなに簡単にわかるか。ここからは聞き込みだぞ。ヒントは自殺した女性事務員だ。教授の後を追ったということだが、それは本当かどうか、当たって見てくれ。女性事務員の友人と、生物学科の教員を中心に聞いてみると何か出て来るんでないかな?」

◉ドクニンジン

「よしわかった。調べてみる」

亜澄は脇の安息香に言った。

「二つの可能性は女性事務員を巡る三角関係だよな。教授と事務員の間を妬んだ誰かが教授を殺した可能性がある」

「じゃ、女性事務員は後を追ったんですか？」

「いや、女性事務員に教授殺人を見破られた犯人が殺したっていう可能性だってある」

「なるほど、それでは助教はどうなりますか？」

「それはまだわからないな」

数日後、水銀から連絡が入った。

「おお、亜澄。何か変だぞ」

「変ってのはなんだ？」

「教授と女性事務員は恋仲なんかではないって声ばっかりなんだ。恋仲でもないのに、女性が後追い自殺なんかするはずが無いってんだよ。これは女性の自殺も危なくなってきたな。それに、女性事務員にしつこく話かけている男がいたってんだよ」

「それは耳寄りな情報だな。誰だそれは？」

「教授の隣の研究室の准教授だよ。名前は横田俊介」

「なに？　隣の研究室ってことは、心不全の助教と同じ研究室ってことだな。准教授ってことは助教の水沼の上司ってことだ」

「そういうことだな。それにもうひとつ聞きこんだことがある。助教の恋人なんだがな。大学の事務に務めていて塩沢紀子の友達なんだな。それでその女性事務員に聞いてみた。すると彼女、死んだ恋人の水沼に、自殺した女性事務員を挟んで教授と准教授が三角関係にあるかもしれない、なんていう冗談を言ったらしいんだな。その後なんだよ水沼が死んだのは」

「そうか、水銀、よく調べた。大体わかったぞカラクリが。周期表の空欄がほぼ埋まったようだ」

「なに、カラクリがわかった？　どんなカラクリだ？　教えろ」

「多分、犯人はその准教授だ。そいつが事務員と教授の仲を妬んで教授を殺したんだよ。それを自殺した事務員に怪しまれて、逃げ切れないと思って事務員を殺したんだな。助教は三人の関係を恋人から聞いて、二人を殺したのは准教授に違いないと踏んで脅したんだ」

「そうか、金でもせびったか？　あるいはお前は辞めて俺を准教授に推薦しろ、でもいいな」

「ああ、どうせそんなところだろうな」

「ようし、待ってろあの准教授、俺が取っ捕まえてやる」

「まてまて、未だ状況証拠ばっかりだ。証拠が無い。これでは知らないと言われたらそれまでだぞ」

「なるほどそうだな。何だ？　証拠は？」

「まず、毒を扱った証拠を上げるんだな。横田は生物の研究者だから、毒成分を植物から自分で抽出しているだろう。その場合、器具の揃っている実験室で抽出している可能性があるから、まず実験室を調べるんだな」

「わかった。実験室を家宅捜索だ。それにしても実験室のどこを調べればいいんだ？」

「抽出は植物をアルコールなんかの溶媒に浸して、毒物を溶媒に溶かし出すんだ。その後で不要の溶媒を蒸留して除くが、その時に使う器具にロータリーエバポレーターというものがある。これが一番臭い。その次はロータリーエバポレーターで集めた廃棄溶媒を溜めて置く溶媒溜めだ。この辺から毒が検出される可能性が高いな。あるいは、家でやった可能性もあるから、家の家宅捜査だ。いずれにしろ、溶媒を溜めた瓶があったらしっかり調べろ。もし毒物が見つかったら、被害者から見つかった毒物とのＤＮＡ照合だ」

「よしわかった。前にもやったことがある。簡単なことだ。ところで、事務員の方にも何か証拠は無いかな？」

「ああ、俺も今そう思っていたところだ。何か鑑識が気が付いた点は無いのかな？」

「たいしたことではないが、被害者のマニキュアが溶けているって言ってたな」

「なに、マニキュアが溶けていた？　安息香、前にそんな事件があったな。覚えてないか？」

「そういえばありましたね。あれはエーテルを滲みこませたハンカチを被害者の口に押し当てて気絶させた事件でしたね。口紅がエーテルで溶けた事件でした」

「そうだよ。今回もそうやって被害者を気絶させた可能性がある。使う試薬はエーテルかクロロホルムだな。水銀、鑑識に頼んで、事務員の血液からエーテルかクロロホルムが検出されないか調べてもらってくれ」

「よし、わかった。結果は後で知らせる」


一週間ほど経った頃、水銀から連絡が入った。

「おお、亜澄か。今回も世話になったな。おかげさんで決まったぞ」

「そうか、それは良かったな。犯人は准教授だったか?」

「ああ、そのとおりだ。三人ともあいつの仕業だった。実験室のロータリーエバポレーターのトラップっていう部分からトリカブトの成分のアコニチンと、ドクニンジンの成分のコニインが見つかった。DNA検査の結果、被害者の体内から見つかったものと一致した。女性事務員の血液からはクロロホルムが見つかった」

「そうか、クロロホルムを使っていたか。そうか、よかったな。これで一件落着だな」

「それはそうと近いうち、お礼を兼ねて3人で飲みに行こう。ホヤの旨い店を見つけて置いた」

「それは良いな。安息香も喜ぶだろうよ」

化学解説編

【有機塩素化合物】

本編では被害者を失神させるのに、ハンカチに浸したクロロホルムを用いました。クロロホルムは分子式$CHCl_3$が示すように。炭素原子Ｃが1個、水素原子Ｈが1個、それと塩素原子Clが3個と、合計5個の原子からできた化合物です。

有機塩素化合物の種類

炭素を含む化合物を一般に有機化合物と言います。そのうちクロロホルムのように塩素を含むものを特に有機塩素化合物と言います。炭素1個からできた有機塩素化合物にはクロロホルムの他に四塩化炭素CCl_4、メチレンクロリドCH_2Cl_2、クロロメタンCH_3Clが知られています。

有機塩素化合物は天然にもありますが、多くは人類が化学的に作り出したものです。そのような中で私たちの身の周りにたくさん存在するものに塩化ビニル（塩ビ）がありま す。かつて大量に作られたのは殺虫剤です。ＤＤＴ、ＢＨＣなどは有名な例です。

また、公害で有名になったＰＣＢ（ポリ塩化ビフェニル）やダイオキシン、あるいはクリーニングや精密電子部品の洗浄に使われるトリクロロエチレンC_2HCl_3なども有機塩素化合物です。さらには、オゾンホールの原因物質であるフロンも塩素を含んでいます。

有機塩素化合物の危険性

有機塩素化合物は健康にさまざまな害を及ぼします。体内に入ればPCBのように皮膚障害を経て肝臓障害を起こし、中には発ガン性が疑われる物質もあります。燃焼によってダイオキシンを発生する可能性もあります。

有機塩素化合物は化学的に安定なため、分解されにくく、一度環境に放出されると永く環境にとどまってその間、害を及ぼし続けます。環境中の有機塩素化合物はやがて水に流されて海に入ります。海水中のDDTやPCBの濃度は非常に薄いものですが、食物連鎖を通して濃縮され続けると、人間に辿り着くときには海水濃度とは比較にならない高濃度になっています。そのため、現在でも母乳からDDTやBHCが検出

●DDTとBHC

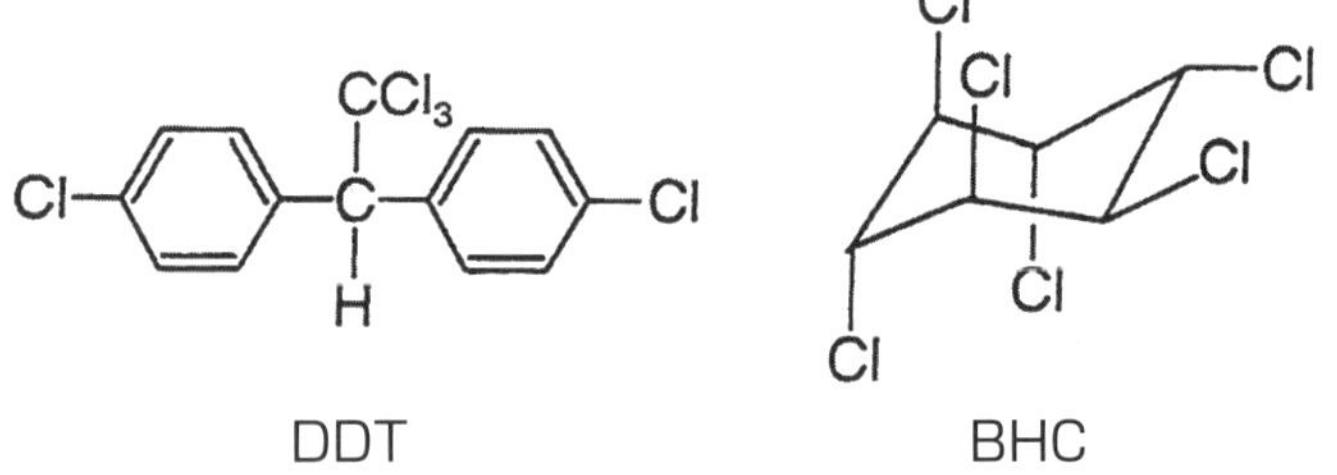

されています。

PCB

ＰＣＢ(ポリ塩化ビフェニル)は、１８８１年にドイツで開発され、１９２９年に米国で工業生産が始まった合成物質であり、天然には存在しません。これまでに全世界で１２０万トン、日本でも6万トンほどが生産されました。

ＰＣＢは絶縁性に優れ、耐熱性、耐薬品性に優れるなど極めて安定な化合物です。そのため、変圧器のトランスオイル、熱媒体、印刷インキ等々、多方面に渡って大量に生産、使用されました。

ＰＣＢの毒性を明らかにしたのは、１９６８年頃、西日本に発生したカネミ油症事件でした。ＰＣＢに汚染された食用油を摂ったことによる大量中毒事件でした。この事件によって危険性が明らかになったのを受け、日本では１９７２年にＰＣＢが使用禁止となりました。

●PCB(ポリ塩化ビフェニル)

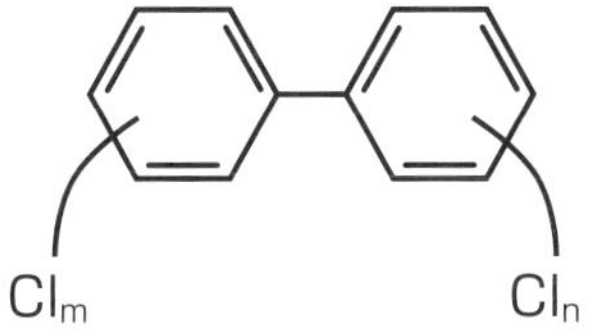

$1 \leqq m+n \leqq 8$

ダイオキシン

ダイオキシンの毒性に関する評価はいろいろあるようですが、有害なものであることは間違いないでしょう。ダイオキシンは人間によって生み出されたものと考えられています。ダイオキシンの危険性が問題になったのは1970年代のベトナム戦争においてでした。ジャングルから出没するベトナム軍に手を焼いた米軍は、ベトナムのジャングルを除草剤によって丸裸にしようという作戦にでました。使用された除草剤は有機塩素化合物でした。

ところがその後、除草剤を撒いた地域では、普通より高い頻度で奇形児が発生しているとの調査結果が出ました。調べたところ、除草剤に副生成物として混じっているダイオキシンの毒性によるものとの指摘が出されました。

ダイオキシンは塩化ビニル等の有機塩素化合物が低温で燃焼するときに発生することがわかり、それ以降、日本中のゴミ焼却炉は1000℃程度の高温で焼く高温焼却炉に変わりました。

◉ダイオキシン

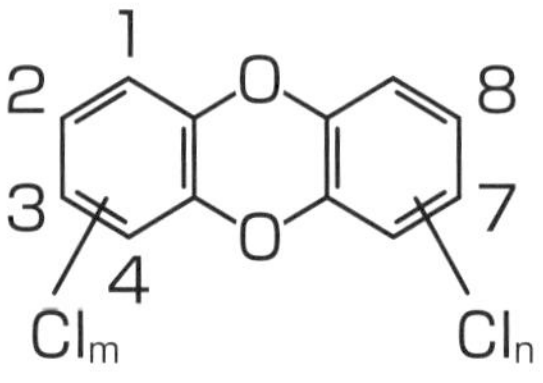

$1 \leqq m+n \leqq 10$

第6話

復讐の軋轢（宮城編）

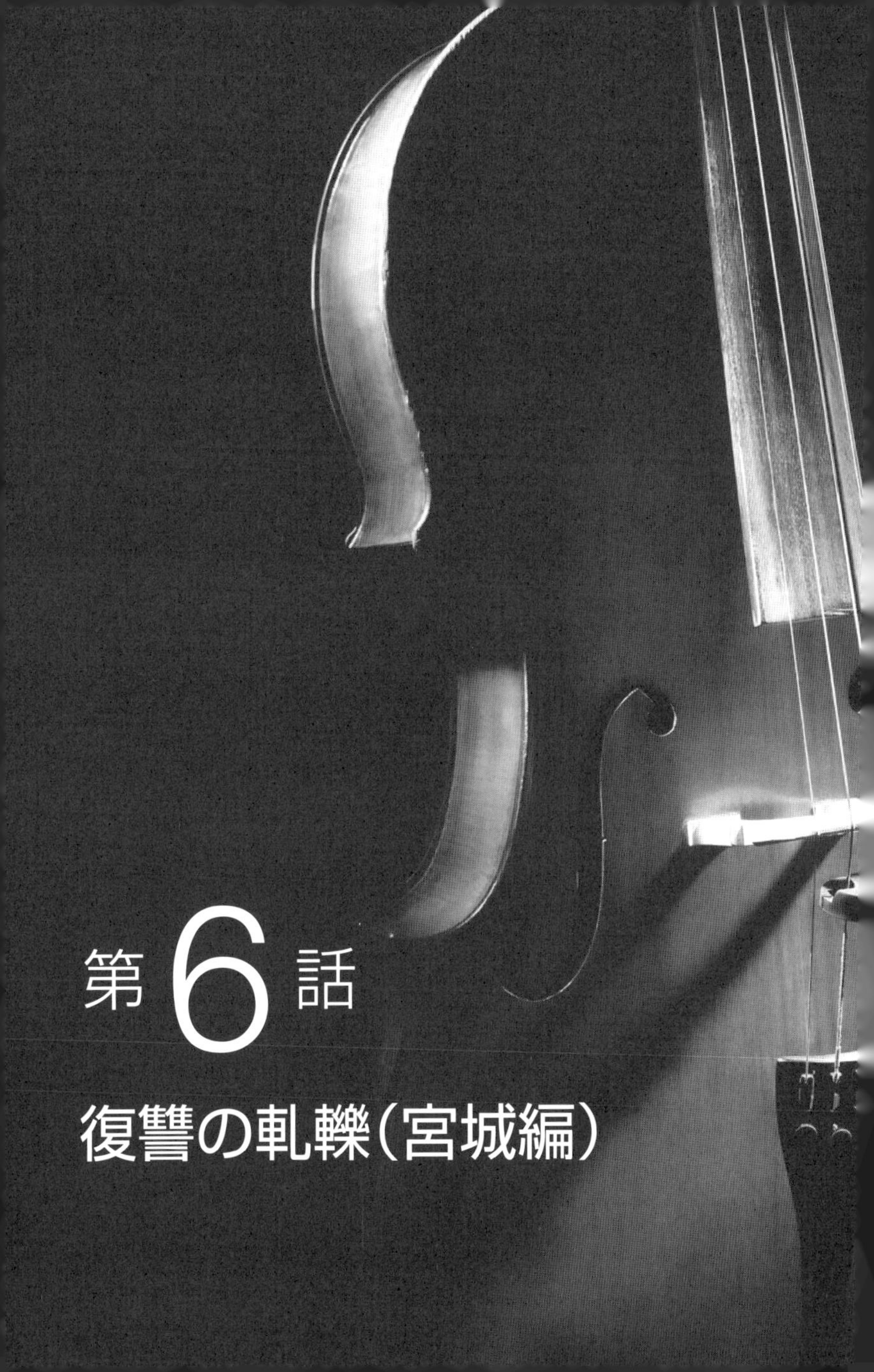

〜第6話　復讐の軋轢（宮城編）〜

現在の宮城県の領域は、古墳時代の昔からヤマト王権の影響下にあり、多賀城（鎮守府）や陸奥国分寺が置かれた。室町時代には、奥州管領となった大崎氏が支配したが17世紀に伊達政宗が仙台城を築いて城下町を開き、そのまま江戸時代を過ごし、明治に至った。

仙台といえば伊達藩であり、伊達といえば伊達男である。仙台の男性には悪いが、仙台の男性がことさら伊達男だとは思えない。伊達男の語源は一にかかって政宗のせいである。

政宗が豊臣秀吉に謀反の濡れ衣？をかけられた時、部下に磔台を担がせ、自身は

◉伊達政宗騎馬像

白装束に身を包んで上方(大阪)に現れた。死装束である。この姿を見た町人たちが驚き、彼を伊達男と呼んだのが由来という。

政宗は隻眼(片目)ではあるが美男子だったということであり、それが人を驚かせる派手な演出を行ったことから評判になり、後世に残ったものであろう。

ちなみにこの演出は、同じように派手好みの秀吉をいたく喜ばせ、謀反の疑いは不問に付されたと言われている。

＊＊＊

東北精密ケミカル社は、先進的な機能を有する化学物質を開発販売するベンチャー企業である。創立したのは20年ほど前になるが、おりしも現われた機能性化学物質の研究の一大隆盛期にあやかって、ベンチャー企業としては順調に成績を伸ばしている。

本社は仙台市にあるが、今では取引先は日本全国だけでなく、全世界に広がる大企業の一角を占めるまでに成長している。この会社で、会社の目玉になる先端的な機能性化学物質の設計、研究開発に当たる部署は先進開発部である。

ここの部長、山王幹彦は、仙台市にある東北工科大学工学部の物質工学科の准教授から5年前にヘッドハンティングされてきた。抜擢当初から破格な報酬を約束され、豊富な人材と高度な研究設備、その上潤沢な研究資金をあてがわれ、何不自由なく研究を行うことができた。山王は、この恵まれた環境のなかで自由に発想と実験の翼を広げ、研究を推進した。

この会社がその創立当初から、次代を担う先進的テーマと睨んで研究を続けてきたテーマに「一分子ポンプ」があった。一分子ポンプというのは分子一個だけでできたポンプのことであり、その言葉の通りサイズ最小の極小ポンプである。

21世紀の科学の課題は植物が行う光合成を人間の手で行う、すなわち人工光合成であると言われている。この一分子ポンプは将来、人工光合成を実現するときには、そのシステムの最重要要素になるものとして学会でも注目されているものである。

現在の世界人口は約77億人であるが、このままのペースで行くと30年後の2050年には100億人に達すると見込まれている。さすがにその後は増加速度を落とし、今世紀末にはピークを迎えると思われるが、ピーク時の人口は110億人であるという。

これだけの人口に十分な食料を供給するのは天然の植物だけに頼っていたのでは到底無理である。大量のグルコース、延いてはデンプンを人為的に工場生産しなければ追いつかない。合成グルコース、合成デンプンの開発製造である。衣服用の繊維を綿や羊毛といった天然繊維だけに頼るのでなく、ナイロンとかポリエステルなどの工場生産による合成線維で補うのと同じ考えである。もはや天然製品だけに頼っていたのでは人類はこの先生き延びて行くことは困難である。

その為には、グルコースやデンプンを化学合成によってつくる人工光合成が必要であり、そのためには一分子ポンプが必要であるという、つながりである。

東北精密ケミカル社はそのために、原子と原子が結合して作った分子の上を行く構造体、つまり分子と分子が結合して作る、より高次な構造体である超分子の研究を会社発足当時から手掛けてきた。

山王は日本における超分子化学研究の最先端をいく研究者である。そのために東北精密ケミカル社は社運をかけて山王を大学から引き抜き、可能な限りの厚遇を彼に与えて研究の後押しを続けてきたのである。

しかし、残念ながらここにきて、一分子ポンプの研究がライバル会社である米国のケムノロジー社に先を越されていることが明らかになった。半年ほど前、ケムノロジー社はマスコミを通じて世界に向けて研究成果を大々的に発表した。そしてそれと同時に、研究成果全体に大規模な特許網を巡らした。その直後、ケムノロジー社の株式は7％も上昇した。もはや東北精密ケミカル社の出る幕は無くなった。

この発表があった後、東北精密ケミカル社の事業開発方針は大きく変わった。山王の研究は終了を告げられた。その結果、山王の先進開発部署は人員、研究費とも大きく縮小された。今では、結果のわかったルーチンワークをこなすだけの部署となってしまった。研究肌の山王にとっては何の面白味も無い、研究とは言えないような研究をこなすだけの毎日となった。

このような大規模な方針変更を会社上層部に答申したのは、総合開発部長の多賀城芳信だった。多賀城は5年前に山王を大学から引き抜いた張本人である。大学に残って乏しい予算と少ない人員、貧弱な施設機器を使って自由な研究を続けるか、それとも会社に行って豊富な予算と優秀な研究スタッフ、豪華な施設機器を操って会社の方針に沿った研究を行うか、当時山王は迷っていた。

そのような山王の背中を押し、腕を掴むようにしてこの会社に引っ張ってきたのが多賀城だった。そうまでして俺を連れてきた多賀城が、何をいまさら、まるで掌を返すようにと山王は多賀城の事を恨みがましくも思ったりした。

しかし、多賀城と忌憚なく話すと、実情はそうではないことがわかった。多賀城も、ライバルのケムノロジー社に先を越された以上、会社としては株主の手前、先進開発部を縮小する方針に従わざるを得ないと思った。しかしそれは当面の間のことで、しばらく経ってほとぼりが冷めたら部署の名前を変えて、また当初のスケールで再出発するつもりでいた。

つまり多賀城は、この研究は先の長い研究であり、例え一時的に他の会社に先を越されたとしても、後に回復する可能性は充分にあることを確信していたのである。社長も当初はこの研究はそのように息の長い研究と考えていたという。

山王の部署縮小を執拗に言い張ったのは多賀城のライバルと目される営業部長の松島勉であったことがわかった。松島は多賀城とともに将来の社長候補とみなされている。そのため、事あるごとに松島は多賀城に対立した。今回のケムノロジー社の件は松島にとっては格好の案件だったのだ。

これを機会に多賀城を叩きのめし、自分の社長昇格を有利にしておこう。そのような魂胆から山王の部署の縮小を強硬に主張したのである。会社や研究のための縮小案ではない。ただただ自分の昇進のための主張だったのである。

このような松島を許せるものではない。山王と多賀城は松島を殺害することで意見が一致した。

松島は狡猾で用心深い男である。容易なことでは引っ掛からない。そこで一計を案じた。今回の縮小を巡って山王と多賀城の間で軋轢が生じたとするのである。自分の部署を多賀城によって縮小されたと思った山王が、多賀城を棄てて松島に着くことにしたとするのである。将来、松島の後ろ盾によって山王の部署が松島の傘下のもとで再建されるという含みを持ってである。そのため、その言質の代わりとして、山王の持っている最高機密を松島に渡しておきたいということにするのである。

山王は電話でそのことを松島に伝えた。営業の出身らしく、根回しだとか策略だとかの好きな松島は警戒するそぶりを見せながらも乗ってきた。山王を自分の閥に取り込めば将来有力な部下になると思ったのであろう。

数日後、山王は最高機密を入れた書類を渡したいと言って松島をホテルに誘った。これまでの研究結果をＵＳＢメモリに入れて渡したい。しかし、そのことを多賀城や彼の配下の者に知られてはまずい。そこで、秘密に渡したいので、会社の帰りに仙台駅の近く

＊＊＊

のホテルのラウンジに来てほしいと電話した。駅の近くのホテルを選んだのはその方が人通りが多く、ホテルマンに注目されて顔を覚えられる可能性が低いからである。

待ち合わせの時間にラウンジに現われた松島に山王は短い言葉とともに封筒に入れたUSBメモリを手渡した。松島は確かに受け取ったと言ってUSBメモリ入りの封筒を左胸の内ポケットに入れた。

そのUSBメモリには薄く仕立てたアンホ爆弾が仕掛けられていた。松島がホテルを出た後、遅れて出た山王は松島の後をつけた。松島が人通りの少ない路地に差し掛かった頃を見計らって山王は無線信管のスイッチを入れた。爆発は小規模だったが心臓部をもろに爆破された松島は即死した。

警察の調べでは、爆発残渣から爆薬はアンホ爆薬であることがわかった。爆薬はUSBメモリの中に仕組まれていて、封筒に入れられていた。それを無線で遠距離から誘導して爆発させたものであった。封筒は市販のありきたりのものであり、封筒からの犯人追跡は無理だった。指紋は松島の指紋以外には判別可能な物は残っていなかった。犯人は封筒の折り目の所だけを持って松島に渡したものと思われた。

この事件を不審に思ったのは松島の秘書の愛宕淑子であった。淑子はかねがね松島が執拗に山王と多賀城を敵視するのを危険に思っていた。いくらライバルとはいえ、追い詰めすぎるとしっぺ返しに会うのは世の常である。今回も松島が山王と多賀城に回復不可能なほどの失地を負わせたことを得意げに話すのを聞いて、淑子は何事も起こらなければ良いがと不安に思っていた。その矢先に起こったのが松島の爆死である。淑子は心配が的中したと思った。

警察が事情聴取に来た。松島は何の用でどこに行ったのかと聞かれた。しかし、いつも帰りが遅く、淑子より先に帰ることなど無かった松島にしては珍しい事ではあるが、その日は退社時間ちょうどに会社を出た。いくら秘書とはいっても、帰宅した後に、どこに行って誰に会っていたのか、淑子には見当がつかなかった。

しかし、いろいろ手段が考えられる中で、爆殺するというのは相当に松島を恨んでの犯行であろうことは察しがついた。そして、そこまで松島を恨む相手といえば、少なくとも会社関係では山王と多賀城くらいしか頭に浮かばなかった。

淑子は山王の秘書の品井アカネと仲が良かった。何気ない様子で、事件の日の山王の所在を聞いてみた。すると、山王もその日は珍しく退社時間に帰宅したことがわかった。これはおかしい。部長の要職に在る人物が二人揃って会社を定時ちょうどに退社とは。

これは何かある。もしかしたら山王が松島を殺したのではないか。淑子は膝が震える感じがした。

膝が震える感じがしたのはアカネも同じであった。山王と、爆殺された松島が同じ時間に会社を出ている。自分が仕える山王が松島を爆殺したのかもしれない。山王がここ5年間、上梓に当たる多賀城とともに心血を注いでプロジェクトを推進してきたのはアカネにもわかっていた。ところが、そのプロジェクトが米国のライバル会社に先を越され、そのおかげで山王の先進開発部署が縮小されたというのは会社の者なら誰でも知っていることだった。

アカネが膝が震える思いをしたのはその理由だけでなかった。アカネは山王とここ3年ほど愛人の関係にあった。時折近隣の市のホテルで会っていた。30歳を超えたアカネは山王との関係に結着を付けたいと思いながらもずるずると関係を引きずっていた。

アカネは決心した。ここは山王を脅してでもこれまでの関係に終止符を打たなければならない。今回の事件は神様が私に下さった千載一遇のチャンスだ。これを生かさなければならない。そう思った。

アカネはいつものホテルのレストランに山王を呼び出した。食事をしながらアカネは切り出した。

「営業部長の松島さんが爆発事件に巻き込まれて亡くなったそうですね」

「ああ、そのようだね。大変な事件だよ」

「松島さんの秘書の淑子の所にも警察の方が事情聴取に見えたようですよ」

「そうだろうね。警察はあらゆるところから情報を得るのが仕事だからな。で警察は淑子さんに何を聞いたの？」

「松島さんのあの日の予定だったそうです。でもあの日は松島さんは定時に退社なさったのでそのように答えたと言ってましたわ。でも、普段は忙しくて帰りの遅い部長があの日に限って定時に退社するなんて珍しい事だと淑子が言ってましたわ。警察もそのように思ったらしく、不思議に思っていたようだったと言ってました」

「そうか」

「それで淑子はあの事件の起きた時に、爆発の現場に居合わせた可能性のある人はうちの会社にいなかったのかな？って、私に聞いてきたんですよ」

「何、君の所にまで聞いてきたのか？」

「ええ、そうなんです。淑子が聞いてくるくらいだからそのうち警察も来るんでないかしら？」

「じゃ、警察は、爆破の犯人はうちの会社にいるとでも思ってるのかな？」

「それは私にはわかりません。でも、松島さんを爆発で殺すくらいですから、犯人は相当松島さんを恨んでる方で無いんでしょうか？　もしそんな方が会社にいたとわかったら、警察は会社の方の捜査も始めるかもしれませんよね」

「そういうことになるかもしれないな」

「もし、警察が事情聴取に来たら、私、正直に話さなければならないと思っています」

「なんだ？　正直に話すってのは？」

「あなたの上司の多賀城部長と殺された松島部長の関係は会社の者なら大抵は知っていますわ。それと、多賀城部長とあなたの仲が良い事も、大学から引き抜いたのが多賀城部長であることから、これも誰もが知ってることですわ」

「だからどうしたというんだ？」

「今回のあなたの部署の大幅縮小が誰の意見によるものかということも、会社の上層部でなくっても、松島さんの秘書だった淑子だって知ってることですわ。実は淑子は前に私に相談に来たことがあるんですよ」

「何の相談だ？」

「松島部長がやりすぎるから心配だって言うんですよ。そのうち、何か起きるんでないかしら？って言うんですよ」

「だからどうだというんだ？」

「いえ、淑子の心配が当たったんで無ければいいなって思うんです。ね、山王さん、わたしたちそろそろ結婚したらどうでしょう？」


その晩、山王は多賀城に電話した。

「今日、秘書の品井アカネと夕食を一緒にしたんですけど、その時、アカネが思いがけないことを言うんですよ」

「なんです？　思いがけないことってのは？」

「彼女、何か感づいているようなんですよ。今度警察が調べに来たら私が松島の事件のときのアリバイが無い事や、松島と私や部長との関係を話すと、暗に匂わせるんですよ」

「困ったことだな、で、彼女の要求は何です？」

「どうも私との結婚のようなんです」

「なんだ、そんなことなら結婚すれば良いでしょう。彼女は美人だし頭も良いようですよ。理想の伴侶になるんでないですか」

「そうはいきませんよ。こんな重大な秘密を握った女と結婚したら後々大変なことになりますよ。そのうち部長をも強請ることになりかねませんよ」

「なるほど。それは困ったことですね。どうしましょう。消えてもらいますか？」

「それが一番良いと思うんですけどね」

「なるほど、それではどうやって消します？」

「私が考えて見ます。後ほどまたご連絡します」


山王はいろいろ思いめぐらして具体的な方法を考えた。殺すのはやはり、アカネと二人っきりになるホテルで行うのが一番確実だ。方法は、証拠を残さないためには物理的な外傷は避けなければならない。

そのためには毒物を用いるのが一番良いが、血液検査でもやられるとバレる可能性がある。男性なら飲み過ぎの急性アルコール中毒を装ってウイスキーを胃に大量に流し込む手もあるが、女性では無理だ。結局、空気注射がいいだろう。

ただし、万一解剖された場合に注射痕が見つからないように、注射する部位に注意しなければならない。問題はアリバイだ。注意はしているが、もしかしたら俺とアカネの関係は会社の者に漏れているかもしれない。そんなことが警察の耳にでも入ったら執拗なアリバイ調査が行われるだろう。ここは、それに注意しなければならない。

山王はアリバイ証明を多賀城に手伝ってもらうことにした。幸い二人は歳恰好が似ている。眼鏡や洋服を交換すれば二人がすり替わることは可能だ。

山王はアカネの名前で隣町のホテルをネットで予約した。ホテルの近くのレストランで食事したのち、二人でホテルに向かった。山王は、途中のリカーショップでワインを買って行くから先にチェックインをしておくように、と言ってリカーショップに入った。ワインを買ったのち、アカネの携帯に電話して部屋番号を聞いた。

山王はフロントを素通りして直接アカネの待つ部屋に入った。フロントの誰にも顔を見られることは無かった。部屋に入るとワインを開け、アカネに睡眠薬入りのワインを飲ませた。寝入ったアカネの足の付け根に注射器を刺し、タップリの空気を注入した。アカネはピクリと痙攣すると息を止めた。山王はホテルを後にした。


同じころ、多賀城は山王がいつも着ているスーツを着て、山王の眼鏡と帽子を着けて、仙台の繁華街にある男性用洋品店を訪れてベルトを買った。ベルトを買ったのは、顔に注目されたくなかったからである。ネクタイなどを買ったら、どうしても店員の注意は客の顔に向けられる。ベルトだったらその心配はない。

いろいろ品定めをしたのち、会計は山王のカードを使った。その後、山王愛用のレストランに行って、山王お気に入りのイタリアンを食べ、ここも山王のカードで支払いをした。

これで山王のアリバイは完璧である。

翌朝、チェックアウトの時間になっても出てこないアカネを不審に思ったボーイが部屋を開け、冷たくなっているアカネを発見し、警察に連絡した。救急車で搬送された病院でアカネの死亡が確認された。死因は急性心不全で病死と診断された。泊まったのは、亡くなったアカネ本人一人であり、危害を加えるような人間もいない。警察は病死として処理した。

＊＊＊

淑子は考えた。松島が亡くなったと思う間もなくアカネが亡くなった。松島は会社の営業部長である。それなりに恨む相手もいるだろうし、松島はやり手で通っていたので、どこでどんな恨みを買っていないとも限らない。殺されたのなら殺されたなりの理由なり、原因があるのだろう。

だけどアカネの亡くなった理由はわからない。病死だと言われているが、亡くなったのはホテルだとの噂もある。何でアカネはホテルなどに泊まったのだろう？　アカネは実家が青森なので、仙台市にマンションを借りて住んでいる。わざわざ隣町のホテルに一人で泊まりに行った理由がわからない。

アカネは誰かと一緒だったのでは無いのか？　一緒だったとしたら誰だろう？　そういえば、アカネは3年間も山王部長の秘書をやっていた。もしかしたら山王部長と関係していたのではないのか？

淑子は周りの同僚に何気なく聞いて回った。アカネと山王部長は関係なかったのか？会社における女性同士の情報連絡網は男性が考える以上のものである。ほどなく、いくつかの情報があつまった。

3年も秘書をやっていて何事も無いはずは無いというような無責任なものから、アカネが山王部長を見る眼は普通の目では無かったとか、中にはアカネが山王部長とホテルに入るのを見たとかいう生々しいものまであった。

アカネは山王部長とそういう関係にあったのだ。淑子は確信を持った。するとアカネが亡くなったあの夜も、アカネの脇には山王部長がいたのではないのか？　そして急死したアカネを見捨てて山王部長はホテルを逃げ出したのではないのか？

いや、それよりもアカネは本当に病死だったのだろうか？　もしや山王部長に殺されたのではなかろうか？　そのように考えると疑惑の連鎖は止まらなくなった。

もし山王部長がアカネを殺したのだとしたら、理由は何だろう？　そう考えるとすぐ思いつくのは松島の爆死である。松島を殺すほど恨んでいたのは社内では山王部長と多賀城部長である。アカネは山王部長の秘書だ。するとアカネは山王部長が松島部長を殺したという証拠でも知っていたのか？　それが漏れることを恐れて山王部長がアカネを殺したのか？　そこまで考えて淑子はようやく納得がいった。

そうだ、山王部長が秘密を守るためにアカネを殺したのだ。そうに違いない。だとするとアカネが知っていた秘密とは何だろう？　もしかしたら、私が先日アカネに聞いたことだろうか？　私はあの時、爆発事件の日の山王部長の所在を聞いただけだ。すると、山王部長もその日は珍しく退社時間に帰宅したとアカネは答えた。

部長の要職に在る人物が二人揃って会社を定時退社とはどういうことだ？　これは何かあるのではないかと淑子は考えた。もしかしたらアカネも同じに考えたのではないのか？

それを山王に確かめようとして殺されたのではないのか。

淑子は思い切って上司で恋人でもある鹿島敏夫に相談した。鹿島は経理課の課長であり、経理のことには通じているが、研究のことには全くの門外漢である。研究陣の誰と誰がどのような関係で、誰と誰がライバルで、などということには疎かった。

鹿島は淑子に聞いたことは会社にとっても大変なことと思って同じ大学の出身で、尊敬する先輩でもある部長の多賀城に相談した。

驚いたのは多賀城である。淑子がそこまで知っているとは大変なことである。これはどうにかしなければならない。多賀城は山王に相談した。山王も同じ考えであった。これはどうにかしなければならない。どうにかするにしても淑子は松島の秘書であった女性である。山王や多賀城の顔は知っている可能性がある。顔を出して淑子とコンタクトすることは止めた方が良い。顔を出さずに淑子を殺すにはどんな方法があるか？　二人は考えた。

山王は化学者である。発想が化学的になる。山王が考えたのは猛毒を用いた原始的な方法であった。毒物にはリシンを用いた。これは全植物毒中、最も強力な毒として有名なものであるが、入手は簡単である。日本でも自生しているトウゴマの種子から抽出できる。植物から特定の成分を抽出するのは化学者たる山王にとっては造作の無い事である。

問題はそれをどうやって淑子に飲ませるかである。いや、飲ませるかと考えるからわからなくなるのだ。「飲ませるか？」ではなく、「体内に入れるか？」と考えれば道は開ける。簡単である。人類がその黎明期から用いてきた方法がある。しかも何の特殊道具も必要のない方法である。

山王は自製の吹き矢を作った。大した威力はいらない。一辺7、8㎝の三角形の紙を巻いて円錐形の吹き矢の矢を作った。先端部分に画鋲の針を切り取って糊で固定した。筒は厚紙を巻いて作った。長さ20㎝ほどで鞄に入る物にした。これで完成である。30分も掛からない。そして吹き矢の先の針にリシンを塗った。

山王は退社する淑子の後を自転車で着け、人通りの無い小道に差し掛かったところで、追い抜きざまに淑子の背中に吹き矢を放った。淑子は驚いて声を上げたが、構わず逃げ去った。淑子はしばらく屈んでいたが、大したことも無く、そのまま立ち上がると歩き始めた。吹き矢はどこかに転がったようで、淑子も気づかなかった。

翌日から淑子は具合が悪くなり、その後一日で亡くなった。原因は不明のままだった。

みなさん、安息香です。一流企業で起きた巧妙に仕組まれた殺人事件を亜澄先生はどのようにして犯人を特定するのでしょうか？　それではトリック解明編をお楽しみください。

トリック解明編

「おい、大変だぞ！　安息香《あすか》」

「なんですか大変だなんて？　変なこと言わないで下さいよ亜澄《あずみ》先生。驚くじゃないですか」

「エッ、いつも大変だ、大変だって言って、俺を驚かせてるのは安息香だろ？」

「そうですよ。私ですよ。ですから私が大変だって言う分には良いんですよ。当たり前のことですからね」

「じゃ、安息香は良いが、俺は言っちゃダメってのか？　何という理屈だ」

「それはそうと何なんです？　その大変だって言うのは？」

「そらみろ、やはり気になるだろ？」

「当たり前ですよ。大変だって言われて気にならない人がいますか？　どうしたんです？　朝ごはんを食べて来るのを忘れましたか？　歯を磨いてくるのを忘れましたか？　まさかパジャマのまま来たんじゃないでしょうね。いい加減にしてくださいよ。全く、面倒見きれませんからね」

　亜澄と安息香はいつもこんな調子で気の置けない会話を楽しんでいる。

「さっき、水銀《みずがね》から電話があってな」

「エッ、水銀さんから電話？　珍しいですね。何かあったんですか？」

「ああ、あったんだよ。安息香も知ってるだろ？　一月ほど前にあった爆発事件」

「あのサラリーマンが爆発事故で亡くなったって事件ですね。大変な事件でしたね」

「そうだったな。それでな、水銀は俺が化学者で爆発物に詳しいだろうから、レクチャーしろってんだよ」

「なんだ、そんなことですか？　だったらレクチャーしてやれば良いでしょう」

「そうは言うけどな。県警本部で100人ほどの警官を相手に爆発物の講義をしろってんだぞ。俺はそんな経験なんかしたこと無いぞ。警官に講義するなんて」

「そうですか、それは大変ですね。でもどんな経験だって、最初は初体験ですからね。そのうち慣れてくるんですよ。学会講演と同じでしょ？」

「それはそうだが。爆発物といったって沢山あるから、何を話したらいいかが問題だし、どの程度詳しく話したらいいのかって問題もあるし」

「警察官だって、爆発物には素人でしょうから、爆発物全般を話せばいいんじゃないですか。そして、大切なのは素人にも理解できるように、やさしく丁寧に話すってことですよね」

「はい、安息香先生。お前、俺の代わりに講義してこないか？　水銀が喜ぶぞ。きっと警視庁からスカウトに来る」

「何をバカなことを言ってるんですか？　いつなんですか？　講義は？　それまでにきちんと準備をしておいてくださいね」

「大変なことになったな。水銀のヤツ。とんでもないことを持ち込んだものだ」

「はい、ぼやかないでしっかりやる！　いいですね！」

「はい」

　ということで、亜澄は仙台市にある県警本部で100人余りの制服警官を前に1時間ほど、爆発物の講義を行った。さすがに緊張して疲れたようだったが県警本部長から金一封と感謝状を貰ってきたと言って喜んでいた。

　感謝状は玄関に貼っておくと押し売り撃退のお札になると言われたそうであるが、今時押し売りはいないだろう。一応、実験室の一番目立つところに飾ることにした。魔除けだそうである。

　早速水銀からお礼の電話が入った。

「やあ、亜澄。昨日はありがとう。ご苦労様だったな。講義は好評だったよ。みんなわかりやすい講義だったと喜んでいた。素晴らしい化学者と友達なんだなと県警のお偉いさんにも褒められた。おかげ様で俺も鼻が高かったよ。ありがとう」

「そうか、それは良かった。俺も良い経験をさせてもらったよ。まず講演会場に入ったときにビックリしたからな。『起立！』の一声で100人の警官が一斉にビシッと立つのはさすがだな。俺は久しぶりに感激したよ。それにあの固いパイプ椅子に座ったまま身じろぎもしないで1時間、講義を聞いているのは大したもんだ。全くうちの学生に見せてやりたいもんだ」

「ま、学生時代は俺もそうだったからな。大学の良い所は多少、タガが緩んでいる所で無いのか？　タガは社会に出てから締め直すってのが現代風なんで無いのか？」

「そうかもしれないな。ところで、講義は何かの役に立ったか？」

「役に立つどころでないよ、随分と参考になった。この前の爆破事件では、爆破残渣からアンホ爆薬と見られてるんだがな。はじめアンホ爆薬って聞いたときには『何だそれは？』って思ったもんだからな。それまで聞いたことも無かった」

「そうだろうな。昔は戦争にはトリニトロトルエン、TNT。民生用にはダイナマイトって言われたもんだが、今は民生用の3分の2はアンホ爆薬と言われてるからな。これは化学肥料として一般に市販されている硝安と、やはり誰でも手に入れることのできる液体を混ぜれば完成という手ごろさと安価が強みだな。しかもできた爆薬は粘土と同じでどんな形にでも細工できる。軍隊が使うプラスチック爆薬と同じだ」

「そうだな。それで今回の事件ではUSBメモリにアンホ爆薬を入れ、それを封筒に入れて被害者に渡したようだ。よほど大事な物と思ったんだろうな。スーツの内ポケット、心臓の前に入れておいたんだな。それが爆発したんだからひとたまりもない。被害者は即死だ」

「そうか。信管はどうだったんだ？」

「無線式の物だった。どこかで待ち伏せて爆発させたのか、後を着けて爆発せたのかはわからない」

「それで被害者はどういう人物なんだ？」

「それは仙台に本社のあるベンチャー企業の東北精密ケミカルって会社があるんだが、そこの営業部長の松島という男だ。やり手で通っていたが、それだけに敵も多かったようだ」

「そうか。で、犯人の目星は？」

「つかないな。目下、被害者の立ち寄り先などを調べているんだが、秘書によれば、この日は会社をめずらしく定時の6時頃に退社したってんだな。で、爆発が起こったのが7時頃で、場所は会社から30分ほどの所だから、そんなに行動半径は広くないはずなんだな」

「なるほど、どこで犯人から爆発物を渡されたかだな」

「被害者に特色があれば、近所を片っ端から聞いて回るってこともできるんだが、なんせ普通のスーツに鞄なんでな。退社時には街に溢れかえっている格好だ」

「でも被害者は一流企業の部長なんだろ。そんな人がめずらしく定時に退社か？　変でないか？」

「そうだろ？　変だろ？　俺もそう思うんだ」

「もしかしたら、誰かと秘密に会うために、退社を利用したのと違うか？　勤務時間内に会うとしたら、部長さんなら秘書の目が光ってるだろうからな」

「なるほど、そういえばそうだな。だとすると、その相手、つまり犯人も定時に退社しているってことになるな」

「相手も会社員ならそういうことだな。さし当り、同じ会社で定時に退社した男でも探してみるか?」

「ああ、それも手掛かりになるかもしれないな」


それから一週間ほど経った頃、水銀から電話が入った。

「おお、亜澄か。事件に動きが出たぞ」

「なんだ? 動きってのは?」

「被害者の会社の女子社員がな、一人で泊まったホテルで病死したんだ」

「なんだ、その話は? 何でそんな話を警察が知ってるんだ? ただの病死だろ?」

「亜澄、お前だから言うが、そこが現代警察の凄い所だ。警察は何でもできる」

「恐ろしいことをいうな。それじゃ、なにか? 俺と安息香が喧嘩してもわかるってのか?」

「もちろん。少なくとも俺にはわかる。二人をみれば一目瞭然だ。ま、それは冗談だが、街中の防犯カメラ、あらゆる道路に貼り廻らした監視カメラを使えば個人の行動なんて、ほとんど筒抜けだ。怪しい人物の身元を監視カメラで割り出すことも可能なんだぞ」

「そうか、恐ろしいな、現代の警察は。それで、どうなんだ、その女子社員は?」

「これがな、部長の秘書なんだ。この部がな、開発部の中にある先進開発部っていう、会社の中で最も重要な開発研究を行っている部になるんだ。部長の名前は山王。つまり、病死したのは山王の秘書ってことだ。実は、この山王ってのは、この前お前が注意した、事件の日に定時に退社したひとりなんだよ」

「エッ、山王も部長だろ。じゃ、この日には被害者の松島とこの山王っていう二人の部長が同時に会社を定時退社していたってことになるのか?」

「そういうことになるな。そこで我々としては、山王が何か握ってるんでないかと思って山王を張っていたんだ」

「なるほど、さすが警察、やるもんだな」

「ああ、警察だってやる時はやるよ。そしたら、あの日、山王と秘書の品井アカネがレストランで食事したんだな。その後、二人で出て来たんだが、アカネだけがホテルに入って、山王はリカーショップに入った。そこでワインを買うと、アカネより15分くらい遅れてホテルに入った」

「それは何か?　ホテルの人間に二人連れだってことを隠すためか?」

「そのとおりだな。しかもホテルは女性の名前でネット予約してあった。つまり、ホテル側は男性、つまり山王の存在を全く知らないわけだ」

「随分と狡猾な方法を考えたものだな」

「そうだ。しかし、張り込みはそこまでだった。刑事は山王がホテルでエレベーターに乗ったところまでは確認したが、どの部屋に入ったかまでは確認しなかった。しかし山王が犯罪の容疑者であるわけでもないし、犯罪が起こっているわけでもないのだからこれは当然のことだ。これ以上やったらプライバシーの侵害になってしまう。そこで、女性の名前と住所を確認して、何か異常があったら知らせるようにと言ってその日は終りにしたってわけだ」

「なるほど、そしたら翌朝、女性が亡くなったとの知らせというわけか」

「そういうことだ。しかし外傷は何も無い。血液検査をしても少量のアルコールと睡眠薬が検出されただけだ。部屋に女性以外の誰かがいたという痕跡も無い。警察としては手の出しようが無いわけだ」

「なるほど、そういうことか。睡眠薬はどうなんだ？　誰かに飲まされたってことは無いのか？」

「いや、普通のありふれた睡眠薬だ。それも包装紙がテーブルの上に置いてあり、アカネが自分で飲んだものと思われる」


それから1カ月ほど経った頃、また水銀から電話が入った。

「どうした水銀」

「亜澄か、大変だ。また事件が起きた」

「なに、この前の事件の続きか？」

「そうでないかと思う。とにかく同じ会社の女性がまた殺されたのだ。今度は、爆発で死んだ松島の秘書だ」

「なに？　同じ会社で3人目の死亡か？　しかも爆殺された松島の秘書？　ただ事じゃないな。死因はなんだ？」

「未だわからない。被害者は具合が悪いって言って医者に行ったんだが、行った翌日、急に容態が悪化して死んじまった」

「なに、どういうことだ？　何で医者に行ったんだ？」

「医者によると、一昨日帰宅途中に後ろから自転車に追い抜かれたってんだな。その時背中に何かチクッと刺されたような気がしたってんだよ。その時は気にもしなかったけど、翌日痛むんで医者に行ったってんだな。医者が見ると背中に小さな刺し傷があって腫れていたんで傷薬を出しておいたってんだよ。ところが翌朝、具合が悪くなって救急車を呼んだが、その晩、入院先の病院で亡くなったってわけだ」

「で、死因はなんだ？」

「未だわからない。多分、刺し傷から毒物が入ったんだろうと思われるが、毒物の種類は不明だ」

「待てよ、聞いたことがあるな、似たような事件を」

「なんだ、そんな事件が起こったことがあるのか？」

「うん、ある。思い出した。ロンドンのこうもり傘殺人事件だ。たしか1980年頃にイギリスのロンドンで起こった有名なスパイ事件だ。バス停で被害者がバスを待ってたんだな。そしたら紳士が近づいて、持っていたこうもり傘の先が被害者の腿に当たったんだ。紳士は丁寧に詫びて去ったと言うんだが、被害者はその後寝込んで二日ほどで亡くなったって事件だ」

「今回の事件とそっくりだな。で、死因は何だったんだ?」

「こうもり傘に仕掛けがしてあったんだ。先端から直径2㎜足らずの金属球を発射したんだな。その中にリシンという猛毒が入っていたんだ」

「リシン? なんだそれは?」

「全ての植物毒の中で最も強力なヤツだよ。分子1個で細胞1個を殺すって言われてる。ヒマシ油知ってるだろ。あれはトウゴマっていう植物の種を絞った油なんだが、その搾りかすにリシンがタップリと入ってるんだ」

「なんだ? そんな危ない物が世の中にウジャウジャしてるってのか?」

「ああ、そうだ。世の中なんて毒だらけだ。ヒマシ油は世界中で年に何百万トンも生産されている。だからリシンだって何十万トンも出てることになるんだが、実はリシンはタンパク質な

◉トウゴマの種

んで熱に弱いんだ。ヒマシ油を採るときには種を炒って加熱するんでリシンは無毒になってるってわけだ」

「そうか、それで安心なんだな。じゃ、犯人はリシンをどうやって手に入れたんだ?」

「トウゴマは世界中で自生している。その種から自分で抽出すれば良いだけさ」

「そうか、じゃ今回の事件の犯人も自分で抽出したってわけか?」

「待て待て、まだリシンと決まったわけではない。まず、その女性を刺したっていう凶器を見つけなければならない」

「そういうことだな。よし、鑑識を総動員して凶器探しだ。待ってろ、見つかったら知らせるから」

「ああ、待ってるぞ」


翌日、水銀から連絡が入った。

「見つかったぞ。凶器が」

「それは良かったな。何だった? 凶器は?」

「吹き矢だった。簡単なものだ。現場の道路の端に転がっていた。ただのゴミにしか見えない。1辺7㎝角ほどの三角形のコピー紙を円錐形に巻いて、先端に細い釘を取り付けた物だ。発射した筒は見つからないから犯人が持って逃げたんだろう。矢から見ると、多分、厚紙を巻いただけの簡単なものだったと思われる」

「そうか、考えたな。しかし南米の狩猟民族なんかが今でも使う手段だからな。針に塗る毒によっては強力な狩猟手段になるはずだ。で、毒物は見つかったか?」

「ああ、お前の言うとおりだった。リシンが見つかった」

「そうか、やはりリシンだったか。それで犯人の目星はついたか?」

「いや、それがまだだ。なんせ目撃者がいない。凶器にも指紋など証拠になりそうなものは何も無い」

「大変だな。しかし凶器が吹き矢ということは、矢に犯人の唾液の飛沫がついている可能性があるからな。血液型、うまくいけばDNAが調べられる可能性があるぞ」

「そうか、それがわかれば決定的な証拠になるな。鑑識に頼んでおく」

「あとは聞き込みと容疑者の取り調べだな」

「容疑者は今の所、ホテルに行ったことが明らかな山王だけだな」

「そうだな、山王に聞くんだな。容疑者でなくても参考人として呼ぶことはできるんでないのか? 山王がホテルに何をしに行ったのかだな。それと、今回の被害者の交友関係だな」

「よし、わかった。山王を参考人として引っ張ってみよう」


数日後、水銀から連絡が入った。

「亜澄、意外なことがわかったぞ」

「なんだ？」

「今回の被害者の淑子だがな。恋人がいてな。同じ会社の経理課の課長の鹿島なんだが、彼によるとな、淑子に相談を受けたってんだよ。淑子はホテルで死んだアカネの友人なんだが、松島が亡くなった日に山王も定時退社したことをアカネが教えてくれたってんだな。ところがそのアカネがホテルで死んだ。これは松島と山王の同時退社が松島の爆死事件に関係があるのではないかと思って自分に相談してくれたってんだよ。しかし、経理課長の自分は研究陣の事は知らないので開発部の部長で自分が信頼する多賀城って男に相談したってんだな」

「なるほど、そういうこともあるだろうな」

「ところが、思いがけないことがわかった」

「なんだ？　思いがけない事ってのは？」

「山王だよ。呼んで調べたんだが、知らぬ存ぜぬの一点張りだ」

「じゃ、ホテルに行ったのはどういうことだ？」

「そこだよ。山王はホテルには行ってないってんだよ」

「ホテルに行ってない？　刑事が確認したんだろ」

「ああ、そうだ。しかし、本人を捕まえて名前を聞いたわけではないから、あくまで違うって言われれば、こっちが引っ込むしかない。それで、じゃ、その時間帯はどこで何をしていたんだって、アリバイを聞いたんだ」

「そうだな、それでどうだった？」

「アリバイを言うんだよ。仙台駅の近くの男性洋品店でベルトを買ったってんだ。裏をとったらその通りだった。しかも山王本人のカードで支払いをしているんだ。その後に馴染のレストランにまで行ってるんだな」

「オイ、それはクサイぞ。きっと替え玉を使ってアリバイ工作をしてるに違いない。しかし逆に、その替え玉を捕まえたら事件は解決ってことだぞ」

「そうだな。誰だ、その替え玉は？」

「殺人事件の替え玉になるくらいだからな。相当山王に近い者に違いないぞ。それでいて年齢、姿形が山王に似ている者ってことになるな。どうだ、誰かいないか？」

「そうだな、思いつかないな」

「例えば多賀城なんかどうだ？　先進開発部長の山王と総合開発部長の多賀城だったら、立場は近いよな。互いに気心も知り合ってるかもしれないな。どうだ、多賀城の写真は無いか？」

「あるある。無くっても取り寄せる。取り寄せて洋品店に確かめる。ちきしょう！替え玉まで使いやがって。トッ捕まえて白状させてやる」

「よし！　これで周期表は完成だな。頑張れ！」

数日後、水銀から連絡が入った。

「亜澄か、またまた世話になったな。解決だよ」

「そうか、それは良かった。で、どうだった？」

「まず、多賀城の写真を洋品店の店員に見せたんだ。そしたら、よく似てはいるが、はっきりとは言えないってんだな。そしたら、その客が品定めのために手に取った他のベルトがあるってんで、借りてきて指紋を取ったらバッチリ。多賀城の指紋がくっきりだ」

「そうか、それで決まりだな。なんでホテルに入るくらいのことでアリバイの替え玉まで用意しなければならないのかってことから調べれば、自白しないわけにはいかないだろう」

「ああ、その通りよ。その辺はこっちがプロだ。じっくり絞ってやったよ。そしたら、ホテルの件は女性が寝たところで空気を注射したって言ってたぞ」

「そうか、空気注射か。あれは遺体に証拠を残さないから厄介なんだよな。空気注射で死んだことを証明する手段の開発は、法医学に残された今後の大きな課題だな」

「ああ、そうだな。まずはともかく、近々事件の解決と亜澄の講演の成功を祝って、盛大に打ち上げといこう」

「いいな。安息香が喜ぶぞ」

化学解説編

【超分子】

水分子H_2Oやエタノール分子CH_3CH_2OH等の分子は、水素H、酸素O、炭素Cなど複数種類の原子が複数個集まって、互いに化学結合して作った構造体です。かつてはこれらの分子は互いに独立して勝手に動き、反応するものと考えられていました。

ところが研究が進むと、分子は必ずしも独立して挙動するばかりではないことが明らかになりました。

例えば水分子は融点（0℃）以下になると凍って結晶の氷となります。氷の中では水分子は互いに水素結合という特殊な結合で繋がり合い、三次元に渡って整然と積

◉氷の結晶構造

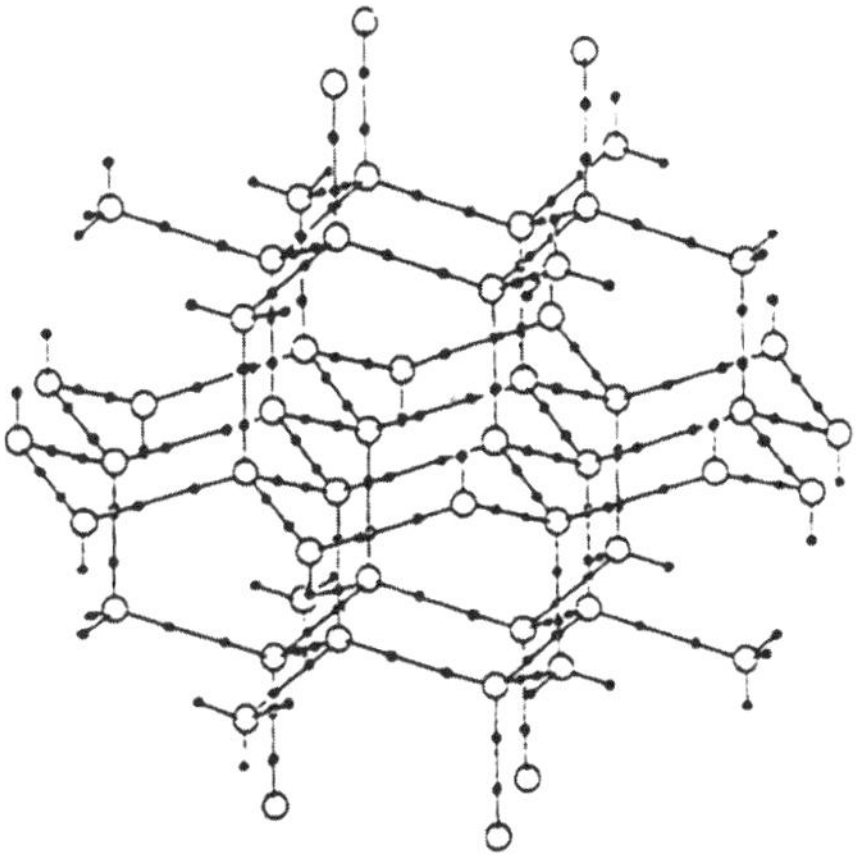

※笹田義男、大橋裕二、斎藤喜彦編、結晶の分子科学入門，P.100，図3.19，講談社（1989）

み重なった、ダイヤモンドと同じ結晶形となっています。

氷が融けて液体になると、氷の結晶形は崩壊しますが、一部は残っており、水の集団、クラスターとして存在します。このように分子が結合して作った構造体を、分子を超えた分子という意味で一般に超分子というのです。

一般によく知られた超分子の例にDNAがあります。これは、2本の長い分子が互いに捩れた二重らせん構造を取っています。これは2個の分子からできた超分子と言うことになります。

一般に生体は超分子の宝庫であり、DNAの他にも酸素運搬物質のヘモグロビン、生化学反応を支配する酵素、さらには酵素と基質が作る複合体、あるいは細胞膜など、多くの超分子が存在します。

◉DNAの構造

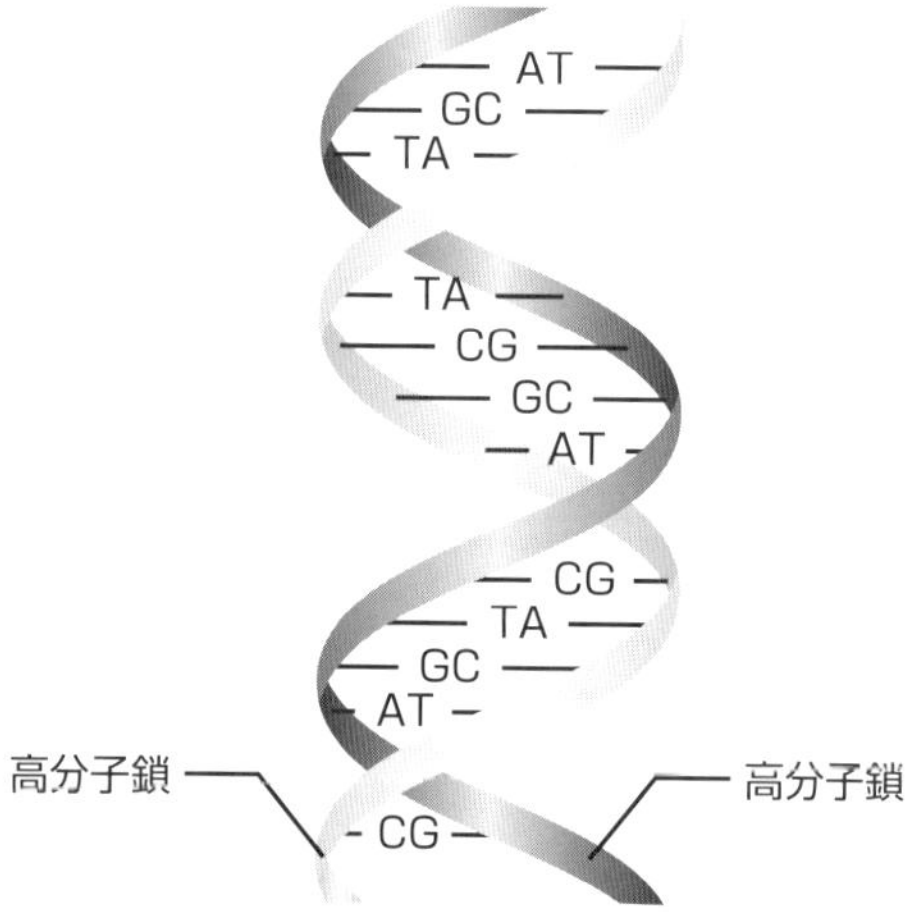

ウイルスなどはタンパク質からできた容器の中にDNAやRNAといった核酸が入った、かなり高次構造の超分子と言うことができます。このような事で、ウイルスは生物学的には「物質」と区分され、生物としては扱われていません。

最近、次世代エネルギーとして注目されるメタンハイドレートは平均15個ほどの水分子が結合して作った籠型(ケージ型)の容器の中に1個のメタン分子CH_4が入ったものであり、これは二種類の互いに異なる分子からできた超分子です。

超分子化学は最近すごい進歩で発展しつつあります。最近では、1個の分子でできた一分子自動車も創作されています。

これは「自動車の形をした分子」などと言うオ

◉メタンハイドレートの分子構造

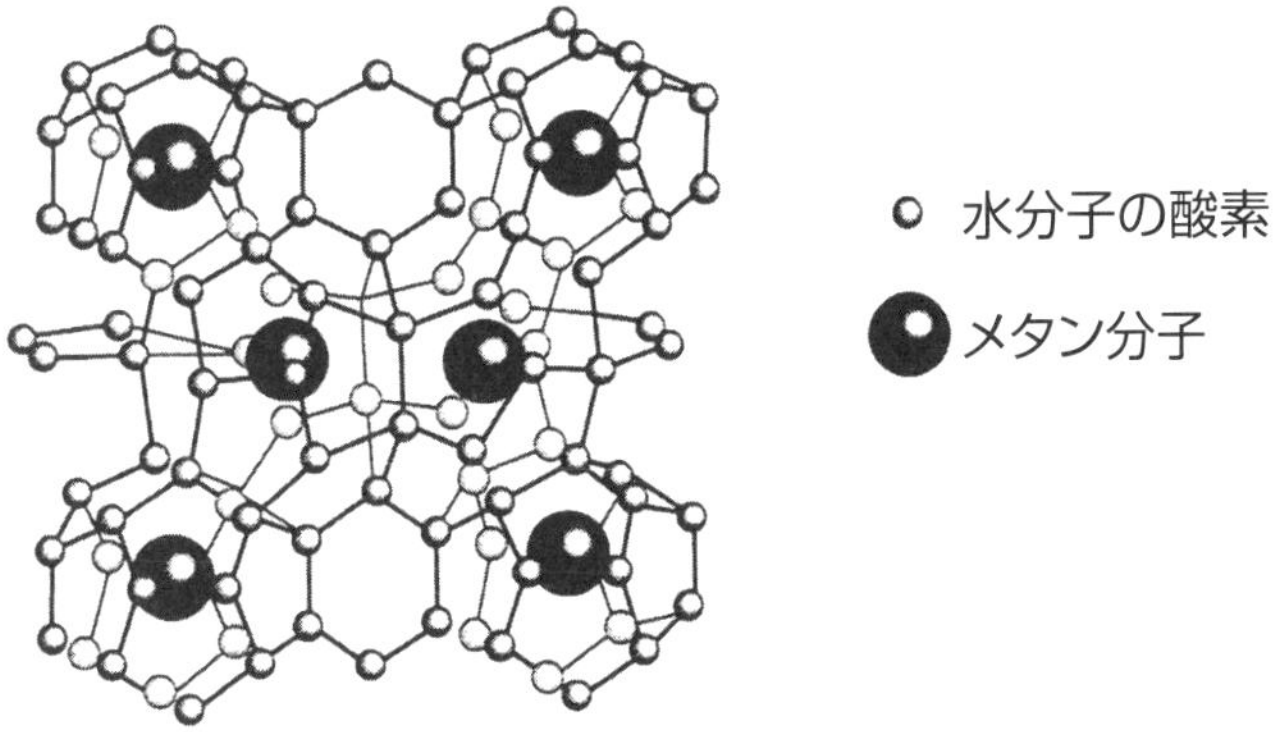

モチャではなく、実際に走査型電子顕微鏡から送られるエネルギーを利用して自分の力で走る自動車です。

２０１７年にはフランス、トゥールーズで世界各国から集まった6チームによって一分子自動車の世界レースが開催されています。日本からも参加しましたが、残念ながら故障によって途中退場となりました。優勝はアメリカ・オーストリア合同チームでした。次回は日本も頑張りたいものです。

サイエンスミステリーシリーズ
好評発売中!

サイエンスミステリー
亜澄錬太郎の事件簿 ❶
創られたデータ

ISBN : 978-4-86354-187-0
本体1,500円+税　B6判

サイエンスミステリー
亜澄錬太郎の事件簿 ❷
殺意の卒業旅行

ISBN : 978-4-86354-188-7
本体1,500円+税　B6判

サイエンスミステリー
亜澄錬太郎の事件簿 ❸
忘れ得ぬ想い

ISBN : 978-4-86354-229-7
本体1,530円+税　B6判

サイエンスミステリー
亜澄錬太郎の事件簿 ❹
美貌の行方

ISBN : 978-4-86354-271-6
本体1,730円+税　B6判

サイエンスミステリー
亜澄錬太郎の事件簿 ❺
[新潟編] 撤退の代償

ISBN : 978-4-86354-279-2
本体1,730円+税　B6判

サイエンスミステリー
亜澄錬太郎の事件簿 ❻
[東海編] 捏造の連鎖

ISBN : 978-4-86354-306-5
本体1,730円+税　B6判

お求め・ご予約は、お近くの書店、Amazonまたはネット書店、弊社通販サイト 本の森.JPにて、ご注文をお願いいたします。

■著者紹介

齋藤《さいとう》　勝裕《かつひろ》

名古屋工業大学名誉教授、愛知学院大学客員教授。大学に入学以来50年、化学一筋できた超まじめ人間。専門は有機化学から物理化学にわたり、研究テーマは「有機不安定中間体」、「環状付加反応」、「有機光化学」、「有機金属化合物」、「有機電気化学」、「超分子化学」、「有機超伝導体」、「有機半導体」、「有機EL」、「有機色素増感太陽電池」と、気は多い。執筆暦はここ十数年と日は浅いが、出版点数は150冊以上と月刊誌状態である。量子化学から生命化学まで、化学の全領域にわたる。更には金属や毒物の解説、呆れることには化学物質のプロレス中継?まで行っている。あまつさえ化学推理小説にまで広がるなど、犯罪的?と言って良いほど気が多い。その上、電波メディアで化学物質の解説を行うなど頼まれると断れない性格である。著書に、「SUPERサイエンス ニセ科学の栄光と挫折」「SUPERサイエンス セラミックス驚異の世界」「SUPERサイエンス 鮮度を保つ漁業の科学」「SUPERサイエンス 人類を脅かす新型コロナウイルス」「SUPERサイエンス 身近に潜む食卓の危険物」「SUPERサイエンス 人類を救う農業の科学」「SUPERサイエンス 貴金属の知られざる科学」「SUPERサイエンス 知られざる金属の不思議」「SUPERサイエンス レアメタル・レアアースの驚くべき能力」「SUPERサイエンス 世界を変える電池の科学」「SUPERサイエンス 意外と知らないお酒の科学」「SUPERサイエンス プラスチック知られざる世界」「SUPERサイエンス 人類が手に入れた地球のエネルギー」「SUPERサイエンス 分子集合体の科学」「SUPERサイエンス 分子マシン驚異の世界」「SUPERサイエンス 火災と消防の科学」「SUPERサイエンス 戦争と平和のテクノロジー」「SUPERサイエンス 「毒」と「薬」の不思議な関係」「SUPERサイエンス 身近に潜む危ない化学反応」「SUPERサイエンス 爆発の仕組みを化学する」「SUPERサイエンス 脳を惑わす薬物とくすり」「サイエンスミステリー 亜澄錬太郎の事件簿1　創られたデータ」「サイエンスミステリー 亜澄錬太郎の事件簿2　殺意の卒業旅行」「サイエンスミステリー 亜澄錬太郎の事件簿3　忘れ得ぬ想い」「サイエンスミステリー 亜澄錬太郎の事件簿4　美貌の行方」「サイエンスミステリー 亜澄錬太郎の事件簿5［新潟編］　撤退の代償」「サイエンスミステリー 亜澄錬太郎の事件簿6［東海編］　捏造の連鎖」（C&R研究所）がある。

編集担当：西方洋一 ／ カバーデザイン：秋田勘助（オフィス・エドモント）
写真：©alenavlad - stock.foto

サイエンスミステリー
亜澄錬太郎の事件簿7［東北編］ 呪縛の俳句

2021年5月1日　初版発行

著　者　齋藤勝裕
発行者　池田武人
発行所　株式会社　シーアンドアール研究所
新潟県新潟市北区西名目所4083-6（〒950-3122）
電話　025-259-4293　FAX　025-258-2801
印刷所　株式会社　ルナテック

ISBN978-4-86354-347-8 C0047